Meu duelo com Sofio
e outros contos

Tito Ryff

Meu duelo com Sofio
e outros contos

EDITORA RECORD
RIO DE JANEIRO • SÃO PAULO

1999

CIP-Brasil. Catalogação-na-fonte
Sindicato Nacional dos Editores de Livros, RJ.

R424m Ryff, Tito
Meu duelo com Sofio e outros contos / Tito Riff. –
Rio de Janeiro: Record, 1999.

ISBN 85-01-05334-1

1. Conto brasileiro. I. Título.

99-0773
CDD – 869.93
CDU – 869.0(81)-3

Copyright © 1999 by Tito Ryff

Direitos exclusivos desta edição reservados pela
DISTRIBUIDORA RECORD DE SERVIÇOS DE IMPRENSA S.A.
Rua Argentina 171 – Rio de Janeiro, RJ – 20921-380 – Tel.: 585-2000

Impresso no Brasil

ISBN 85-01-05334-1

PEDIDOS PELO REEMBOLSO POSTAL
Caixa Postal 23.052
Rio de Janeiro, RJ – 20922-970

Sumário

MEU DUELO COM SOFIO 7

A ESPERA 63

TRÊS AMIGOS E UMA HISTÓRIA 77

À CATA DE NOVOS FILIADOS 97

UM FILHO DE LOULÉ 141

Meu Duelo com Sofio

Sinceramente, eu não saberia dizer como tudo começou. O como e o porquê desta história são difíceis de reconstituir. Só sei que a primeira vez que visitei Mônica, em sua casa, ele não estava lá. Ou, pelo menos, não deu o ar de sua graça. Ela, possivelmente, trancara-o no quarto de empregada, receosa de que o conhecimento prematuro de sua existência pudesse impedir o desenvolvimento de nossa relação.

Não sei dizer, ao certo, o momento em que ele apareceu. A revelação de sua presença deve ter sido preparada com muito cuidado pois, quando dei por mim, Mônica e Sofio pareciam-me indissociáveis e não havia como rejeitá-lo sem ferir de morte os sentimentos da mulher que eu amo.

De início, parecia arredio. Deitava-se no chão, distante, e acompanhava com ar de tédio nosso namoro no sofá. Quando, suficientemente excitados, nos levantávamos em busca do conforto da cama e fechávamos, atrás de nós, a porta do quarto, limitava-se a acomodar um pouco melhor a cabeça no peito e a fechar os olhos suavemente. Deve ter visto aquela cena muitas vezes. Parecia-lhe a seqüência natural das coisas.

Um dia, percebeu que eu estava ali para ficar. Não gostaria de dar demasiado crédito à inteligência dos gatos. Por essa razão, descarto a hipótese de que ele tenha contabilizado, cuidadosamente, a variedade de objetos de uso pessoal que fui trazendo, aos poucos, para a casa de Mônica: pijama, travesseiro, mudas de camisa e cueca, escova de dentes, pente, barbeador elétrico. Mesmo porque, a bem da verdade, tudo aconteceu com grande relutância de minha parte, em doses homeopáticas. E o restante da história provará que a capacidade de observação não é o forte de Sofio.

Prefiro acreditar que os gatos têm uma espécie de relógio interno que registra o passar do tempo com surpreendente precisão. Os namorados anteriores de Mônica devem ter sido, na sua maioria, fugazes. Daí o enfado com que acompanhava nossos movimentos enquanto sua ampulheta embutida filtrava as horas.

O sobressalto chegou aí pela terceira semana. Quando bati à porta naquele dia, Mônica custou a abrir. Ouvi sua voz, que dizia: "Pára, Sofio, sai da frente." Quando, finalmente, a porta se escancarou, Sofio enroscava-se em suas pernas, como a impedir que Mônica avançasse para me abraçar. No sofá, enquanto cumpríamos o ritual de sempre, Sofio acomodou-se bem perto, acompanhando as primícias amorosas com inusitado interesse. Em dado momento, tentou até mesmo alojar-se entre nós dois, mas Mônica afastou-o de forma firme e carinhosa. Foi o quanto bastou para que voltasse a seu antigo posto de observação: um pequeno tapete de lã, do outro lado da sala, sobre o qual repousa uma mesa retangular com tampo de vidro. Mas não foi por muito tempo. Pouco depois, iniciou uma série de acrobacias, correndo de um lado para outro, saltando sobre os móveis, mudando de direção e velocidade, com uma disposição física, juro por Deus, que eu, até então, desconhecia. Foi preciso abreviar nosso prelúdio amoroso. A agitação de Sofio nos tirava a concentração. Mais tarde, no quarto, entre o resfolegar de nossas respirações e alguns gemidos intermitentes, pareceu-me ouvir, de vez em quando, um leve arranhar de garras na porta de madeira.

Este tipo de guerrilha durou umas duas semanas, cada vez que Mônica e eu encontrávamos tempo e motivação para algum desbordamento. Depois, houve uma trégua. Julguei que Sofio tinha se rendido, finalmente, ao fato consumado. Pensei, cá comigo, que a resignação era um traço comum a todas as espécies. Não era mais do que um recuo tático. O que Sun Tzu definiria como: "O vento que surge de dia é mais demorado, mas a brisa noturna acaba logo." A brisa noturna. Sofio não era homem (perdão, gato) de se contentar com a brisa noturna.

Sofio, aliás, verificou-se mais tarde, era um mestre da dissimulação. Não que isto fosse um sinal de inteligência. Pelo contrário. Era parte da sua natureza. Uma espécie de inadequação à realidade. A começar pela definição de seu sexo. Quando Mônica, vinda de uma noite de muito álcool e pouco sexo (a acreditar no seu depoimento), encontrou-o, recém-nascido, à porta de seu prédio, escondido entre as plantas do jardim da portaria, o primeiro a ser consultado foi o porteiro da noite. Gato ou gata?, perguntou, abrindo as patas do bichano. "Gata", disse o porteiro, com o olhar estremunhado de sono, gastando apenas o tempo necessário para poder articular, com dificuldade, as duas sílabas. A breve hesitação, indispensável para recobrar os sentidos, deu ao testemunho do Severino o toque de competência que faltava para convencer Mônica àquela hora da madrugada. Foi o quanto bastou para definir, por algum tempo, o sexo de Sofio.

Definido o sexo, o nome foi mera decorrência. Mônica tinha uma avó adorável que falecera havia cerca de uma semana. A homenagem era oportuna. E, mais do que oportuna, merecida: a anciã tinha um fraco por gatos, dos quais possuía meia dúzia de exemplares. A bem da verdade, este foi um dos principais tormentos que tive que enfrentar no começo de nossa relação. Mônica queria — porque queria — herdar os gatos da velha. Resisti bravamente. Mostrei o risco que aquilo representava para o nosso namoro. Estávamos começando. Era cedo ainda para trocar-me por meia dúzia de gatos. E, além do mais, havia Sofio, cuja participação em nossa vida doméstica dispensava coadjuvantes.

Durante um mês Sofia foi tratada como uma dama. Mônica só faltou dar-lhe noções de etiqueta e pagar-lhe um curso na Socila. Quando, às vezes, como seria natural, eu perdia um pouco a paciência com Sofia, aproveitando o fato de Mônica estar longe, na cozinha ou regando alguma planta no jardim, ouvia, à distância, a voz da minha queridinha ralhando: "Não implica com a menina, deixa a menina em paz."

Pode-se dizer, portanto, que Sofia gozava de duplo *status*: o de sua condição natural de animal a quem nós, seres racionais, proporcionamos o benefício da comiseração; e o de donzela, frágil e indefesa, sobre quem eu, machão vulgar, não deveria tripudiar.

Até o dia em que o João pintou lá em casa. Médico veterinário desempregado, o João, embora meio desatualizado, rolou a bichana no tapete, coçou a barriga da menina, levantou a cabeça e perguntou, intrigado: "Sofia, mas por quê?" Fez-se aquele silêncio. "Como assim?", perguntou Mônica. "Estranho", disse ele, "sei que você gostava da sua vó, mas não precisava exagerar. Dar um nome de mulher ao coitado, pô!"

Até hoje me pergunto quanto tempo poderia ter durado aquela farsa, não fora a presença fortuita de João em nossa casa. Mônica o encontrara por acaso, ao sair para fazer compras de manhã. Como não o via há muito tempo, convidou-o para tomar um cafezinho conosco. Por alguns minutos Mônica tentou fazer com que a opinião de Severino, o retirante, prevalecesse sobre a do especialista. Afinal, João procurava emprego há mais de um ano e, apesar de amigo, Mônica o conhecia mesmo era das noitadas no Baixo Gávea. Esse negócio de médico veterinário era papo de botequim.

Mas eram apenas dez horas da manhã e João estava sóbrio. E pior: andava meio espicaçado com essa coisa de desemprego. Não ia vender barato a sua competência. Cinco minutos de explicações técnicas, acompanhadas de algumas exibições anatômicas, acabaram por convencer Mônica de que houvera um engano na definição original do sexo de Sofio.

Para mim, isto teria bastado para definir sua (dele, é claro) personalidade dissimuladora. Mas Mônica pareceu não se impressionar com o ocorrido. Ao contrário, chegou a desenvolver um complexo de culpa com relação ao episódio. Como se tivesse provocado no gato algum trauma irreparável. A homenagem à avó foi mantida, mesmo agredindo a natureza. E Sofio, ainda que perdendo privilégios que seriam inerentes à condição feminina, continuou reinando na casa.

Eu acho que já disse que a capacidade de observação não era o forte de Sofio. Mas, ainda assim, houve um episódio que me impressionou. Creio que mencionei uma mesa de tampo de vidro que ficava no meio da sala, em cima de um tapete de lã. Pois bem, Sofio costumava utilizar a mesa como trampolim para alcançar o sofá. Vinha correndo, saltava sobre a mesa e, numa fração de segundo, com as pernas apenas encostadas no tampo de vidro, tomava impulso para atingir seu alvo. Fazia aquilo uma dezena de vezes por dia, pois o sofá era seu posto de observação, ao qual retornava após cada incursão pelo resto da casa. A impressão que se tinha era que a mesa estava ali apenas para servir ao Sofio.

Um belo dia o irmão de Mônica apareceu com os meninos sem avisar. Era domingo de manhã, a garotada inquieta em casa, o jeito era levar a turma pra passear no parque da Lagoa. No fim de semana, a Lagoa é uma espécie de oásis dos pais desquitados, desde que se consiga escapar do Tívoli Park. Vai daí que, com o calor e tal, o Bruno teve vontade de tomar uma cervejinha e sapecou pras crianças: "Vamos visitar a tia Mônica." Apesar dos protestos, arrastou os dois moleques lá pra casa e tocou a campainha aí pelas dez horas da matina. Interrompeu nosso café e a leitura do jornal foi pro brejo. Mas tudo bem. Irmão é pra isso.

A garotada chegou com bola e tudo. Nos primeiros cinco minutos tudo bem. A bola entre os joelhos, um quique ou outro de vez em quando. Situação sob controle, mas eu de olho. Aí, um fez sinal com a mão, pedindo a bola. Dentro em pouco, a cada trinta segundos a bola cruzava a sala em busca de novo destinatário. Eu tava vendo mas não podia dizer nada. Família era um assunto que eu e Mônica havíamos excluído de nossa relação depois de alguns entreveros memoráveis. Era a única forma de manter uma paz relativa em casa. Família atraía baixaria.

O mano tinha sede. E queria a loura geladinha! Na primeira garrafa reclamou: "Tá meio morna." Mônica foi à cozinha buscar mais uma num balde de gelo. Quando atravessava a linha de fogo, a bola pegou a bandeja em cheio. O balde rodopiou. Mônica tentou aprumar a bandeja. Pior. O movimento brusco funcionou como uma mola. O balde com a garrafa se elevou no espaço. Desgarrou da vertical da bandeja e obedeceu à lei da gravidade. O barulho da mesa de vidro quebrando arrancou Sofio do torpor dominical lá no outro lado da sala. Esperto, ele levantou a cabeça e retesou os músculos, preparando-se para salvar a pele. O incidente abreviou o convívio familiar inesperado.

E daí?, você dirá. O que é que o Sofio tem a ver com tudo isso? Pois é. Você não vai acreditar, mas, durante duas semanas... Tenho até vergonha de contar. Dá a impressão de que estou relatando essas coisas todas por pura fofoca, só pra me vingar do bicho. Mas a intenção não é essa, claro. O que eu quero é fazer um relato preciso dos fatos. Seja como for, agora já comecei. Durante duas semanas, uma dezena de vezes por dia, Sofio tomava distância, engatava a primeira, acelerava e lançava o corpo no espaço à procura do tampo de vidro que o projetaria sobre o sofá... E se estatelava no chão.

Fui o primeiro a observar o fenômeno. E ponderei:

— Mônica, acho que tem algo errado com esse teu gato.

— Lá tá você de novo implicando com o Sofio.

Bati em retirada sem dizer o que queria. Uma semana depois, enquanto tomávamos café na cozinha, Mônica indagou:

— Você não acha que o comportamento do Sofio anda meio estranho?

Fiz-me de desentendido:

— Como assim?

— Você já reparou que ele continua pulando em cima da mesa da sala como se a mesa ainda existisse?

Eu, é claro, não havia reparado nada.

— Não, meu bem.

— Acho que vou levá-lo a um veterinário.

— O João tá aí mesmo.

— Você tá brincando!

— Por quê? Afinal foi ele quem definiu o sexo do bicho. E além do mais seria de graça.

— É... Mas agora a coisa é bem mais séria.

Achei que finalmente havia chegado a minha chance de me ver livre do Sofio. Deus é grande, pensei. Já imaginava o gato em camisa-de-força, sendo arrastado por dois enfermeiros corpulentos, rumo ao Pinel.

— Mas, antes, vou tentar um expediente — disse Mônica, com um ar reflexivo. — Talvez dê certo.

— Posso saber qual é? — perguntei, inquieto.

— Você vai ver.

Naquela noite mal consegui dormir, rezando para que, ao contrário da expectativa de Mônica, nada desse certo. No dia seguinte, quando acordei e fui para a sala, vi Mônica arrastando o tapete de lã pela casa. Percebi, então, que ela estava trocando o tapete da sala pelo do quarto, colocando-o exatamente na mesma posição, ou seja, debaixo de onde deveria estar ainda o tampo de vidro da mesa. Embora o tapete do quarto tivesse formato, cores e dimensão totalmente distintos do da sala, o estratagema pareceu-me pueril.

Sei que você não vai acreditar, mas foi tiro e queda. Sofio chegou, calculou a distância, olhou para o tapete... e parou. Creio que de perplexidade. E nunca mais lançou-se no espaço vazio. Mônica olhou para mim triunfante.

— Tá vendo? Economizamos o dinheiro da consulta ao veterinário.

O pior é que Mônica interpretou aquilo tudo como um sinal de inteligência do gato. Eu, ao contrário, estou convencido, até hoje, que Sofio não estava preparado para lidar com situações novas. A mudança queimou a mufa do bicho. Durante semanas ele repetiu a mesma coreografia: preparava-se para o salto a que tinha se acostumado e, no instante derradeiro, parava petrificado, derrotado pelo enigma.

Agora você já sabe por que faço pouco da argúcia de Sofio. Aliás, não quero que se tenha a impressão de que eu e ele travávamos um duelo de inteligências. Se você tiver dúvidas a esse respeito, por favor, pare por aqui mesmo. Não pretendo ser nivelado por baixo. Nem mesmo por você, que eu mal conheço. Pois bem, já que nos acertamos quanto a isto, podemos voltar "ao cerne dos acontecimentos", como se dizia nas narrativas antigas.

Contei a você que Sofio procurou, durante algum tempo, dispersar a atenção de Mônica precisamente nos instantes mais íntimos de nossa relação. Buscava, com isso, abalar a coluna mestra de nosso convívio, roubando-nos os momentos em que eu e ela repúnhamos as nossas energias psíquicas e reafirmávamos, na cama, o compromisso mútuo com o prazer. Depois, para minha surpresa, deu-nos uma trégua. Pensei de início que era sinal de resignação. Ledo engano! Tratava-se de mera mudança de tática.

Numa manhã de domingo estávamos, eu e Mônica, tomando café na varanda quando um pombo, atraído pelas migalhas que deixávamos cair sem querer, pousou a uma distância prudente da mesa. Sofio estava deitado aos pés de Mônica, aparentemente desinteressado da cena. Mas a presença do pombo atraíra minha atenção. Num ato impensado (pois sabia o quanto Mônica detestava pombos) joguei um pedaço de pão em direção à ave. Notei que Sofio percebera meu gesto de simpatia pelo animal. Num átimo, lançou-se sobre o pombo e abateu-o com uma patada, antes que o pobre bicho pudesse sequer se mexer em direção ao alimento que eu lhe ofertara. Mônica notou meu sobressalto e percebeu o que havia acontecido.

— Teu gato (eu resistia a chamá-lo pelo nome) estragou o meu café.

— Bobagem. É só você não jogar migalhas para atrair os pombos.

— Eu não atraí ninguém. Ele já tava lá.

— Seja como for. O Sofio é que não tem culpa. É uma questão de instinto. Me admira você, um cara inteligente.

— Ultimamente, os elogios vinham sempre assim, atenuados por alguma ressalva implícita.

Embora chocado com a violência da cena, não dei, no momento, maior importância ao fato. Mas, não sei por que, ficou em mim uma certa sensação de desconforto. A vaga impressão de que Sofio retomava a ofensiva. E, desta vez, com ânimo redobrado.

No sábado seguinte, eu e Mônica saímos para dar uma caminhada pela praia. Era uma bela manhã de sol que não podia ser desperdiçada. Foi preciso usar de energia para impedir que Sofio nos acompanhasse. Ultimamente, ele se aproximava da porta sempre que eu e Mônica fazíamos menção de sair para passear, tentando impor-nos sua companhia. Era como se ele procurasse evitar que eu e ela desfrutássemos de alguns momentos a sós. Sabia que o confronto final se avizinhava. E temia, quem sabe, uma intriga de última hora que pudesse anular a vantagem estratégica que havia acumulado a duras penas. Esta atitude contrastava com seu comportamento inicial. No começo de nossa relação, quando Mônica e eu nos encaminhávamos juntos para a porta, Sofio limitava-se a olhar com desdém, aboletado no sofá, parecendo saborear, por antecipação, os momentos em que teria a casa só para ele.

Demoramos cerca de uma hora. Já de volta, quando enfiei a chave na fechadura, pressenti, do outro lado, a presença do Sofio. Abri a porta... e lá estava ele. Com os dentes, segurava um pombo estraçalhado. Recuei assustado. Mônica, que estava atrás de mim, colocou a cabeça por cima dos meus ombros. Desta vez, o cálculo psicológico de Sofio fracassara.

— Sofio! Outra vez? — ralhou Mônica.

Sofio, sem largar o pombo, levantou a cabeça e olhou para Mônica, surpreso com a reação inesperada. Pela primeira vez, em meses de namoro, vi Mônica fazer menção de se abaixar para pegar o sapato e castigar o gato. Mas Sofio já se afastara em direção à varanda carregando sua presa inútil.

O episódio me deu a oportunidade de obter uma vantagem tática. Lembrei-me de Sun Tzu: "O guerreiro hábil não perde a ocasião propícia de aniquilar o inimigo." Naquela mesma noite, no momento do jantar, puxei, como quem não quer nada, o assunto. Percebi que Mônica ainda estava abalada com a cena.

— Deus sabe que eu odeio pombo. Mas detesto baixaria. De gente ou de gato.

Suas razões eram, obviamente, diferentes das minhas. A violência contra os pombos era justificável. O exibicionismo e o mau gosto não. Por isso, procurei, com cautela, mudar o eixo da conversa.

— Olha, meu bem. Não é por nada não (era melhor parecer impessoal), mas esse teu gato é um bicho mau. Se fosse grande como um tigre, já nos teria matado.

— Nós quem? Você é quem tem problemas com ele.

— Mônica, tô falando sério. Ele é mau e a maldade não escolhe vítima.

— Talvez a culpa seja minha.

— ...?

— Eu devo ter demonstrado, de alguma forma, que não gosto de pombos.

— Nossa Senhora, Mônica, até as pedras percebem que você não gosta de pombos. Mas isto não autoriza ninguém a sair matando os pobres bichinhos.

— Ele só tava querendo me agradar. O pior é isso.

— Jeito estranho de agradar. Se você quiser, amanhã eu coloco, em cima da mesa do café, meia dúzia de pombos esquartejados, como prova de amor.

— Você não tá querendo comparar, tá?

— É que... às vezes...

Calei. Eu ia entrar num terreno perigoso, tipo "ou ele ou eu", sem saber como podia terminar. A conversa parou por ali. E eu fiquei com a sensação de que tinha desperdiçado uma chance de ouro. Mas o passo em falso de Sofio valeu-me um desafogo. Durante as semanas seguintes fiquei livre das cenas de violência explícita. Sofio percebera que o terrorismo podia ser uma faca de dois gumes e voltou a recorrer à tática do "assédio físico permanente".

Disseram-me que foi coisa inventada pelo vietcongue. Consiste em estar presente em toda parte o tempo todo. De forma ostensiva ou dissimulada. Só sei que se tornou impossível ficar a sós com Mônica. Sempre que eu a acolhia em meus braços, Sofio enfiava-se em qualquer espaço vazio que pudesse encontrar entre nossos corpos. Quando o afastávamos, ficava rondando à nossa volta. E a sensação de intimidação psicológica era pior do que sua presença física. Só encontrávamos sossego dentro do quarto de Mônica.

Mas quem já amou sabe que uma relação afetiva não é feita só dos "finalmentes", como se diz por aí. O aconchego no sofá da sala, diante da televisão, o cafuné ouvindo um disco do Caetano, a leitura conjunta do jornal nas manhãs de domingo, são ingredientes sem os quais nenhuma paixão resiste muito tempo. De repente, uma luz fez-se em meu espírito. E se aquilo tudo fosse apenas a forma que Sofio encontrara de manifestar sua carência afetiva? Afinal, os gatos são seres vivos como nós. Provavelmente com as mesmas necessidades básicas. Não hesitei em expor minha nova teoria para Mônica:

— Sabe de uma coisa? Eu estive pensando. Vai ver que o problema do Sofio é falta de sexo.

— De onde é que você tirou isso?

— Já viu o jeito como ele nos perturba? É uma forma de chamar a atenção para sua carência afetiva. Você nunca pensou em cruzar esse bicho com uma gata? Acho que já tá na idade. Consulta o João.

É preciso dizer que Mônica era um caso raro de combinação de um apetite sexual invejável com uma libido próxima de zero. Para ela, sexo era uma coisa natural, sem mistérios. Uma necessidade higiênica. Nada que pudesse ser reprimido ou encucado. Notei que recebeu minha explicação com ceticismo. Mas não havia nada a perder em pôr à prova minha teoria. E, afinal, fornicar era sempre saudável. Mal é que não podia fazer.

O João foi consultado no dia seguinte. Estranhou que ainda não tivéssemos tomado a providência de encontrar uma parceira para Sofio. Segundo ele, o gato estava mais do que maduro para descobrir os prazeres do sexo. Não havia dúvida de que a inquietação toda de Sofio vinha daí e só daí. Era o que os veterinários chamavam de "delírio ambulatório de fundo erótico" ou "peripatetismo de Eros".

Fiquei aliviado. Finalmente tudo se resumia a uma causa banal. A mais óbvia e natural de todas. Como é que eu não pensara naquilo antes? Só mesmo a sobrecarga de trabalho dos últimos meses podia explicar tanta falta de percepção. Mas, agora, a coisa se resolveria com facilidade. O João encontraria a parceira apropriada e a natureza se encarregaria do resto. Em pouco tempo o trauma estaria superado, e eu e Mônica voltaríamos a viver os momentos deliciosos das nossas primeiras semanas de namoro.

O João não demorou a chegar com notícias. Uma amiga dele tinha uma gata que andava dando trabalho, oferecia a bicha para a cruza e já tinha como distribuir a ninhada entre parentes e amigos. Não podia ser melhor.

Quando a Matilde chegou, aconchegada nos braços da amiga do João, até eu fiquei impressionado. A gatinha transpirava sensualidade. Material pra gato nenhum botar defeito. Com a cabeça aninhada nos seios da dona, olhava, meio de viés, revirando os olhos. Sofio tinha sido trancado, prudentemente, na cozinha. Mônica não queria que os noivos se embalassem sem o consentimento prévio das respectivas famílias. Ela lançou-me um olhar indagativo.

— Creio que tá ótimo. O Sofio vai gostar — disse eu, tentando moderar meu entusiasmo, pois, de uns tempos para cá, nossas opiniões situavam-se sempre em pólos opostos.

— Ela é uma gracinha — arriscou Mônica. — Mas será que é mansa? Você sabe, o Sofio é um gato muito caseiro, domesticado, sensível. A gente mima muito ele. Não é mesmo, meu bem?

A pergunta era para mim. Não soube o que responder. Lancei para Mônica um olhar patético. Comecei a temer pelo pior.

— Ah, que bom! Então foram feitos um para o outro — respondeu a amiga do João. — A Matilde também foi criada em casa. É essa meiguice que você vê.

Mônica ainda não parecia decidida.

— Sabe? É que o Sofio só convive comigo e meu namorado. Tenho medo dele estranhar. Não é, meu bem?

Será que ela queria que eu livrasse o Sofio da força do matrimônio? Essa não! Pensei bem no que ia dizer.

— Meu amor, o Sofio é quem deve escolher, você não acha?

Mônica tinha alguns defeitos, não há dúvida, mas prezava o livre-arbítrio. Olhou-me como se eu fosse Arquimedes.

— Meu bem, você tem razão. Busca ele lá na cozinha?

Não esperei duas vezes. Quando entrei na cozinha, Sofio recuou para debaixo do fogão. Nunca ficávamos a sós, eu e ele. Acho que pensou que tinha chegado sua hora derradeira. Enfiou-se num canto, de tal forma que não pude alcançá-lo. Tentei, em vão, durante alguns minutos. Ele se encolhia, levantava a pata, fugia de lado, eriçava o pêlo, impedindo o cumprimento de minha missão. Mônica se impacientava.

— Meu amor, você quer ajuda? — E antes que eu respondesse, ela irrompeu na cozinha. Sofio dirigiu-se para os seus braços como um náufrago que encontra um pedaço de madeira.

A amiga do João continuava com a Matilde no colo. Era a prova do recato da prometida. O que aconteceu, então, foi, para mim, surpreendente. Até hoje tiro o chapéu para o Sofio. Durante todo o tempo em que convivemos, esse, talvez, tenha sido o único momento em que vi uma manifestação de inteligência de sua parte. Eu esperava que ele se atirasse sobre Matilde como um faminto sobre um pedaço de pão. O que, visto retrospectivamente, teria chocado Mônica e posto tudo a perder. Mas não. Quando Mônica o pôs no chão, Sofio alojou-se a seus pés e lançou um olhar langoroso em direção à pretendente. E ali ficaram, os dois, durante algum tempo, a olharem-se, mutuamente, como objetos desconhecidos.

Hoje, estou convencido de que o pundonor demonstrado pelos noivos foi o que permitiu levar adiante aquele idílio. Se Sofio e Matilde tivessem exibido, naquele momento, metade da sofreguidão que deles se apossou mais tarde, Mônica teria abortado a experiência amorosa ainda no nascedouro. Seja como for, os receios de Mônica iam sendo contornados pouco a pouco.

— Eu preferiria, se você não se importasse, que a Matilde

ficasse com a gente durante o período do namoro. Tenho medo de que Sofio fique inibido num ambiente estranho. Aí mesmo é que não sai nada, né?

A dona de Matilde concordou. Pediu, apenas, que o namoro não excedesse uma semana. Afinal, Matilde era a sua melhor companhia. Olhei-a e pensei, comigo, que talvez fosse a única. A amiga do João era um verdadeiro bofe. Aliás, a impressão que eu tinha era que o João escolhia suas amigas como um veterinário escolhe seus clientes. A fauna era variada. Um verdadeiro zoológico.

Acertou-se que os noivos começariam o namoro na sexta-feira próxima. Tudo de acordo com o ritual, de sorte que a lua-de-mel coincidisse com o fim de semana. Se nossa situação financeira permitisse, ouso dizer que Mônica teria reservado uma suíte no Sheraton para os felizes nubentes. Mas as vacas andavam magras. E não havia como cevar os gatos.

Na sexta-feira, eu estava a postos. A amiga do João tinha ficado de trazer Matilde no final do dia, quando saísse do trabalho. Aí pelas oito horas da noite, ela chegou. Matilde parecia ignorar o que a esperava. Juro que tive, por alguns segundos, uma sensação de arrependimento. Eu não queria para a filha do meu pior inimigo um destino como aquele. Mas, agora, era eu ou ela. E se alguém tinha que ser sacrificado para que Mônica e eu pudéssemos viver em paz, melhor que fosse a gata. O João saberia encontrar uma solução, no âmbito da sua competência, para lidar com as seqüelas inevitáveis.

A amiga do João relutou em livrar-se de sua cria. Foram

necessárias quatro doses de uísque para vencer sua resistência. Parecia que ela nunca iria embora. Quando se levantou para se despedir, meu coração bateu mais forte. Finalmente tudo se encaminhava para uma solução. Sofio e Matilde foram acomodados na cozinha, em meio a panos, pequenas almofadas, caixas de papelão, enfim, um amontoado de apetrechos, preparados por Mônica e pela amiga do João, especialmente para a circunstância. A porta da cozinha foi fechada para garantir a privacidade dos noivos, e eu e Mônica nos retiramos ansiosos para os nossos aposentos.

— Será que vai dar certo? — perguntou Mônica assim que nos deitamos.

— Claro, meu bem, os animais não são como nós. Eles obedecem ao instinto. Só isso. Não há essa coisa de sentimento ou de preferência.

Era a hora de fazer uma média e de alçar-me a um plano superior. De uns tempos para cá, eu vinha sendo nivelado por baixo. Ficamos em silêncio, tomados pela tensão. Mônica ligou a televisão. Era o programa do Jô. O gordo saboreava um enorme charuto diante do Maluf, que ostentava, no rosto, uma máscara cirúrgica. Não entendi nada. Minha atenção estava voltada para o que se passava na cozinha. Não sei quanto tempo decorreu antes de eu começar a escutar os primeiros ruídos. Era como um lamento distante, abafado. No torpor provocado pelo uísque que eu havia tomado, julguei que fosse o som da televisão. Mas a coisa aumentou. Era um misto de ronronar e de gemido. Percebi o que estava acontecendo. Virei-me para Mônica.

— Tá ouvindo, meu bem?

— O Jô?
— Não. O ruído que vem da cozinha. São eles.

O gemido, agora, se tornara lancinante. Mônica usou o controle remoto para baixar o som da televisão. O uivo lascivo de Matilde invadiu o quarto. No silêncio da noite podia-se ouvir também, às vezes, o resfolegar de Sofio. Não havia como se enganar. Eu e Mônica testemunhávamos a trepada do século. Melhor que a de Sharon Stone e Michael Douglas em *Instinto selvagem*. Era impossível ficar indiferente ao que se passava ali mesmo, pertinho de nós. O relaxamento natural, depois de tantos dias de tensão, a excitação provocada pelo álcool, o espírito de competição, sei lá, que me fazia querer mostrar a Mônica que eu também podia lhe oferecer um prazer igual, tudo isto somado, sem esquecer os gemidos de Matilde, que me pareciam cada vez mais humanos, criou as condições ideais para uma foda inesquecível. Quando nossos corpos afinal se separaram e acendi um cigarro, refleti sobre o caráter caprichoso da existência e adormeci, contente de ter encontrado uma solução que atendia duplamente a meus interesses.

No dia seguinte, amanheci revigorado. Enquanto eu devorava um café da manhã suculento, Mônica se apressava em telefonar para a amiga do João para transmitir as boas notícias. Refiro-me, é claro, apenas ao que aconteceu na cozinha. O João também foi informado. Depois de falar com Mônica, chamou-me ao telefone. Aproveitou para esbanjar auto-estima profissional. Que eu não me preocupasse, o gato jamais me perturbaria daí por diante. "Peripatetismo erótico", bradava do outro lado da linha. "Caso típico. Se eu conseguir a bolsa do CNPq, ainda aproveito na minha dissertação de mestrado." Agradeci. Se alguém confiava no João, esse alguém era eu.

No sábado e no domingo a cena se repetiu. Parecia uma peça de teatro bem ensaiada. Por volta do mesmo horário, eu e Mônica fomos para a cama. Havíamos cancelado o cinema e o jantar fora com os amigos para estarmos por perto, caso alguma situação de emergência exigisse nossa intervenção. Confesso que eu estava preparado para dormir. Sempre gostei de manter um intervalo razoável entre um "entrevero" e outro. Nunca se sabe qual será o tempo necessário à recuperação do organismo. E ninguém gosta de pagar vexame, sobretudo nos primeiros seis meses de uma relação. Menos ainda quando há fogo a bordo. Qualquer pretexto serve para um comentário depreciativo. E pode ser a gota d'água. Mas o transbordamento dos dois era contagiante. Os gemidos lascivos invadiam de novo o quarto. Senti meu membro intumescer. O efeito sobre Mônica deve ter sido igual pois, logo em seguida, sua mão acariciava as minhas coxas. Não hesito em afirmar que, naqueles três dias, dei a ela um prazer mais intenso e satisfatório do que nos vários meses anteriores de nosso relacionamento. E se, ainda hoje, Mônica guarda algum carinho e afeição por mim, deve-se àquele fim de semana.

Mas não há mal que sempre dure nem bem que nunca acabe, como nos ensina a sabedoria de nossos avós. Na segunda-feira, cheguei mais tarde do jornal. Havia uma onda de especulação contra o real e rumores vindos de Brasília garantiam que o governo preparava um novo pacote de medidas econômicas. O editor de economia tinha pedido que eu marcasse de perto a direção do Banco Central. "Não desgruda do Arida. Dizem que ele é notívago. Enquanto você dorme, o Souza caça a notícia." O Souza era o meu rival na redação do jornal concorrente e, de vez em quando, graças a uma paquera no Banco Central, conseguia um furo.

Quando entrei em casa, aí pela uma da manhã, encontrei Mônica sentada no sofá da sala com ar consternado. Eu mal tinha fechado a porta e ela já estava anunciando:

— Não aconteceu.

De início, não entendi. Minha cabeça ainda estava em Brasília.

— A desvalorização do real? Não vai me dizer que você acredita nesse papo de especulador. Falei com o Gustavo Franco no final da noite e ele me garantiu que não vai haver desvalorização nenhuma.

— Não é nada disso. Não tou nem aí pra esse negócio de real. O problema é que o Sofio não quer mais saber da Matilde.

Um rastilho de frio percorreu a minha barriga de baixo para cima.

— Como assim?

— Alguma coisa aconteceu entre eles porque, aí pelas dez horas da noite, quando fui colocar os dois na cozinha, tive a impressão de que o Sofio não queria ir. Quando eu o tranquei lá dentro com a Matilde, ele começou a miar e a arranhar a porta. Eu estava lendo o jornal aqui na sala, esperando você, e não tive sossego enquanto não trouxe ele pra cá.

Foi aí que me dei conta da presença daquela massa negra, camuflada pela obscuridade do restante da sala, repousando sobre o tapete de costume. Senti a sensação de pânico começar a tomar conta do meu corpo. Mas tentei manter o sangue-frio.

— Vamos tentar de novo. Quem sabe, na minha ausência, ele quis fazer companhia a você.

— Acho que o melhor é dar um tempo. Amanhã a gente tenta outra vez. Por hoje, ele pode dormir aqui na sala.

Sinceramente, eu não sabia qual era a melhor decisão a tomar. Forçar Sofio a resolver de imediato suas desavenças com Matilde, antes que uma pequena contrariedade, facilmente sanável, se transformasse em rancor? Apostar que o apetite sexual de ambos falaria mais alto do que qualquer ressentimento? Afinal não era assim que se resolviam, entre nós humanos, os pequenos desencontros inevitáveis de uma lua-de-mel? Ou, ao contrário, esperar o desentendimento arrefecer e contar com o relaxamento natural que o sono ofereceria aos noivos que, de energias recuperadas, se entregariam, no dia seguinte, a arroubos amorosos ainda mais intensos? Na dúvida, achei que os humores passageiros de Sofio deveriam ser respeitados e concordei com a decisão de Mônica.

— Você tem razão. Amanhã eles fazem as pazes. — Mas confesso que fui dormir com o peito apertado.

No dia seguinte, procurei chegar mais cedo em casa para poder ajudar os noivos a superarem seu primeiro arrufo de lua-de-mel. E tentei criar um ambiente romântico que pudesse ser útil aos dois casais. Preparei um jantar à luz de vela com o salmão defumado e o vinho Chablis que eu comprara ao sair do trabalho. Quem sabe nosso estado de espírito — o meu e o de Mônica — poderia influenciar favoravelmente o jovem par de felinos?

Na hora habitual, certos de que o trauma da véspera havia sido superado, colocamos Matilde e Sofio no leito nupcial improvisado, feito de caixas de papelão e panos de toda procedência. Deitei-me na cama com a esperança secreta de que a sonoplastia produzida na cozinha viria me oferecer, uma vez mais, a motivação extra de que eu necessitava para me superar aos olhos de Mônica. Ligamos a televisão com o som bem baixo e aguardamos ansiosamente. Passaram-se vários minutos. Minha tensão crescia a cada plim-plim metálico da Globo. O silêncio provocado pelos noivos era insuportável. Se Sofio havia pensado naquilo como uma forma de me torturar, tinha acertado em cheio.

Não sei quanto tempo já tinha decorrido quando eu e Mônica decidimos, finalmente, verificar o que estava acontecendo na cozinha. Quando lá chegamos, vimos uma cena que tão cedo não esquecerei. Num canto, encostado à parede, encurralado, Sofio, com a pata dianteira direita levantada em posição de defesa, tinha o pêlo todo eriçado. Matilde cercava-o, emitindo um ronronar baixo, ao mesmo tempo ameaçador e sensual. A expressão física do terror é algo que só vemos nos filmes. Raramente a vida nos proporciona essa oportunidade. Por isso, até hoje me lembro da impressão que a visão de Sofio me transmitiu naquela noite.

Pois bem, nos dias seguintes não houve jeito. Sofio desenvolvera verdadeira aversão por Matilde. Não era o desdém típico do macho que obtivera o que queria. Era mais do que isto. E até hoje não entendo como a atração sexual dos primeiros dias pôde transformar-se em tamanha repulsa física. Mas, seja qual for a explicação, ao cabo de três dias e de várias tentativas malogradas de reconciliar o casal, fomos obrigados a revelar a verdade à dona de Matilde. Com o constrangimento que você pode imaginar. Afinal, Sofio havia se comportado como um sedutor vulgar. Comportamento que enchia Mônica de vergonha, sobretudo depois de haver apresentado Sofio à amiga do João como um modelo de virtudes. A conversa telefônica foi difícil. Mônica ensaiou transferir para mim a tarefa delicada. Na verdade, queria ver se eu, sendo homem, encontrava alguma justificativa machista para o comportamento de Sofio.

— Meu amor, eu acho que você saberia explicar melhor o que aconteceu com o Sofio, não acha?

— Meu bem, você sabe que eu não saco bem esse teu gato. Depois, quem estuda psicologia é você. Deve servir pra alguma coisa.

— É que como vocês dois são homens...

— Pera aí! Homem não. Macho pode ser, mas homem não.

— Ah! É quase a mesma coisa.

— Além disso, eu ficaria inibido em tratar de assunto tão íntimo com uma mulher que eu mal conheço.

Não creio que o argumento tenha convencido Mônica. O que valeu mesmo foi o fato de que me recusei terminantemente a tomar a iniciativa de telefonar para a dona de Matilde. E como era claramente impossível manter por mais tempo sob o mesmo teto os dois recém-casados, Mônica foi obrigada a superar seu bloqueio psicológico. Depois de um dia de hesitação, tirou o fone do gancho e discou o número da amiga do João, disposta a enfrentar o imprevisível.

Como já disse, não foi fácil. A amiga do João quis saber detalhes. E deixou transparecer que nos faltara tato para lidar com a questão. Mônica rebateu insinuando que Matilde tinha se comportado de forma sexualmente agressiva, o que talvez tivesse inibido Sofio. A conversa azedou. Eu, instalado na poltrona da sala, sentia-me aliviado por ter escapado da tarefa de bancar o advogado de defesa de Sofio. Pobre consolo, diante da catástrofe que representava, para mim, o fracasso do idílio do meu desafeto. Vi-me de volta à estaca zero.

O João foi encarregado da tarefa de resgatar Matilde, já que sua amiga não queria mais pisar em nossa casa. Ele chegou naquela mesma noite, depois da conversa pelo telefone, com a clara incumbência de evitar que a gata fosse submetida a novas humilhações. Tinha o ar circunspecto, como convinha à ocasião. Demonstrando preocupação, assegurou que, em muitos anos de profissão, era a primeira vez que via aquilo acontecer. A afirmativa me surpreendeu. Pelo que eu sabia, João saíra da faculdade direto para a situação de desemprego em que ainda se encontrava.

Mônica e ele ficaram mais de duas horas na sala, consumindo cerveja e esmiuçando o problema em busca de uma explicação científica. Ela, com os rudimentos adquiridos no segundo ano de psicologia — que eu não sabia que se aplicavam tão bem aos gatos —, e ele com seus conhecimentos enferrujados de medicina veterinária. Escutei, calado, aquele esbanjamento de explicações pseudocientíficas. Sem revelar que tudo não passava de mais um capítulo da guerra que eu e Sofio travávamos em silêncio. Só eu sabia que era impossível encontrar justificativas racionais para o que acontecera. "O amor e a guerra não têm leis", dizem os franceses. E eles sabem do que falam.

Quando desci com ele para abrir a portaria, João, em tom de confidência, aproveitou para lançar dúvidas sobre as preferências sexuais de Sofio. Disse que era um caso raro entre animais, mas que podia acontecer. Ensaiou o blablablá de que a literatura registrava e coisa e tal. Não me contive. Sempre detestei injustiças, mesmo contra os meus piores inimigos. Virei-me para ele.

— Quem sabe, essa versão não é ainda melhor para você aproveitar na sua tese para o CNPq? — Olhou-me desconcertado e saiu porta afora, cabisbaixo.

O resto da semana foi de relativa paz. Sofio retornara à postura contemplativa dos primeiros dias. Mas não deixava de nos observar. Eu tinha a impressão de que ele analisava cada um dos nossos movimentos. Digo nossos porque parecia-me que sua atenção redobrava quando eu e Mônica estávamos próximos fisicamente. Era como se esperasse, para qualquer momento, algum acontecimento importante relacionado conosco. Aí pelo quinto dia, sua inquietação reapareceu. Tornou-se impossível, novamente, encontrar um momento de sossego para namorar Mônica da forma que a sobrevivência de nossa relação exigia com urgência. Na maioria das dependências da casa, sua tática de obstrução física mantinha-me afastado de Mônica. Não havia mais lugar para nosso aconchego, a não ser no quarto, uma vez fechada a porta, para evitar a entrada do intruso. E eu temia que um namoro feito só dos momentos em que nos trancávamos no quarto começasse a parecer, aos olhos de Mônica, uma coisa crua.

A verdade é que Sofio voltara a ocupar, na vida de Mônica, um espaço maior do que o meu. E não havia nada a fazer. Mônica desdenhava das minhas queixas de Sofio. Para ela, não se podia estabelecer comparação entre os sentimentos que devotava ao gato e aqueles que sentia por mim. Qualquer reclamação quanto ao comportamento de Sofio era rechaçada como uma demonstração de insegurança e ciúme infantil. Eu sentia nossa relação deteriorar-se lentamente. O desenlace parecia óbvio e inevitável. Restava apenas definir quando e como.

Mas, então, um belo dia aconteceu algo surpreendente e inesperado. No primeiro andar do prédio morava uma velhinha cuja presença quase não se notava. Eu até já me esquecera de sua existência, pois, em vários meses de coabitação com Mônica, só a vira duas ou três vezes, no momento em que ela atravessava o corredor para jogar o lixo na lixeira. Creio que era a única coisa que a fazia sair de casa. Pois bem, naquele dia, quando eu ia passando em frente ao apartamento da velha, a porta entreabriu-se e fechou rapidamente. Mas pude ouvir, com nitidez, um rosnar assustador, seguido da advertência: "Calma Maguila, calma!, deixa o moço passar." Antes de sair, consultei o porteiro.

— E aí, Severino? A velha do primeiro andar tá com uma fera em casa?
— O senhor não sabia? Dizem que é um tal de pitibu. Bicho brabo pra daná. A velha só sai com ele de madrugada, com medo de que ele faça uma desgraça.

Fui para o trabalho matutando. Lembrei-me de um episódio que ocorrera há alguns meses. Sofio desaparecera por algumas horas. Ninguém no prédio sabia onde ele estava e Mônica já começava a entrar em pânico. De repente, ouvimos uma gritaria no corredor do primeiro andar. A velha batia à porta dos vizinhos pedindo socorro, pois havia "um animal peludo e preto debaixo da sua cama". Não levou muito tempo até que se descobrisse que o animal peludo e preto era o Sofio. Como ele conseguiu entrar na casa da velha é um mistério. Encontrou a porta semi-aberta quando ela foi jogar fora o lixo? Desceu pulando, de varanda em varanda, do terceiro para o primeiro andar? De qualquer forma, vim a saber depois, a velha ficara com a sensação de que andava desprotegida. Creio que veio daí a idéia de comprar um *pitbull*.

Você não precisa ser um gênio para adivinhar o que passou pela minha cabeça. A solução estava ali mesmo, no primeiro andar. Era só "arranjar" um encontro entre Sofio e Maguila. O resultado era fácil de prever. Não passava do primeiro *round*.

Nos dias seguintes fiquei arquitetando uma forma de pôr em prática o meu plano. Não era fácil. Sofio raramente saía de casa e, mesmo assim, sempre acompanhado de Mônica, que o carregava no colo ou, então, dentro de uma cesta de vime que eu lhe dera de presente. Eu havia lhe dado a cesta com a intenção de que ela a usasse para trazer para casa as pequenas compras que costumava fazer no supermercado da esquina todo sábado de manhã. Mas, contra a minha vontade, o presente acabara se transformando em meio de transporte de Sofio.

Comecei a prestar atenção nos hábitos da velha. Procurei fazer com que minha saída de casa coincidisse com o exato momento em que ela começava a abrir a porta para botar o lixo na lixeira. Depois de uma semana, minha porcentagem de acerto já era encorajadora. O rosnar de Maguila, contido com dificuldade pela velha, escapando pela porta entreaberta, no instante preciso em que eu passava, soava como música para meus ouvidos. De noite, levantava-me sorrateiramente da cama, como quem vai à cozinha beber água, e debruçava-me à janela para ver se a velha estava levando Maguila para seu passeio noturno. Quando acontecia de eu surpreender os dois no momento em que saíam pela portaria, anotava a hora exata e aguardava pacientemente que retornassem para ver quanto tempo durava a caminhada destinada a atender às necessidades fisiológicas de Maguila.

Ao cabo de duas semanas eu já havia acumulado informação suficiente para pôr um plano em marcha. Só faltava achar a forma de separar Sofio de Mônica; de tirá-lo de casa na hora certa, sem que ela notasse, para fazê-lo encontrar seu destino nas mãos (ou seria melhor dizer nos punhos?) de Maguila. No que seria o dia D, saí do trabalho mais cedo para ter tempo de passar na peixaria. Dei um jeito de chegar em casa na hora em que Mônica se exercitava na bicicleta ergométrica, dentro do quarto, para poder acomodar as sardinhas na geladeira sem despertar suspeitas.

— Meu bem, chegou mais cedo? Que que houve? — Mônica, lá de dentro, me ouvira abrir a porta.

— Hoje é sexta-feira. Pensei que a gente podia ir ao cinema e depois jantar fora. — E dirigi-me, furtivamente, para a cozinha. Era a primeira vez que eu tinha um plano preconcebido para enfrentar Sofio: com começo, meio e fim. Até ali eu havia agido na base do instinto, colocando a emoção à frente da razão; enfim, lutando com as armas do inimigo. Este erro agora havia sido reparado. Lembrei-me da frase de Mermoz ao vencer a batalha contra o frio e a solidão dos Andes: "O que eu fiz nenhum animal faria." A inteligência, que permite o conhecimento das circunstâncias, a escolha do momento, a avaliação precisa das deficiências do adversário, enfim, esta centelha inexplicável que distingue o homem do animal sempre estivera ali, à minha disposição, e eu a desprezara! Mas, agora, o terror de todos os terrores, o homem, na sua vaidade, preparava-se para esmagar Sofio.

Quando voltamos do cinema, já passava da meia-noite. Eu ainda tinha uma hora pela frente. Era preciso fazer com que Mônica dormisse logo para que eu pudesse agir livremente. Deixei que ela fosse para o quarto trocar de roupa e liguei a televisão da sala. Se Mônica ficasse sozinha na cama, pegaria um livro para ler e acabaria adormecendo.

— Meu amor, você não vem dormir? — Eu sabia que era sua última manifestação antes de cair no sono.

— Pera aí. Deixa eu fumar um cigarro.

Esperei, pacientemente, mais vinte minutos, antes de entrar de mansinho no quarto. Mônica ressonava. Fui até a cozinha. Sofio mexeu-se dentro da caixa de papelão que lhe servia de cama e levantou a cabeça para avaliar o perigo. Mas eu não queria nada com ele. Faltavam vinte minutos para que a velha saísse com Maguila para seu passeio noturno. Era tempo mais do que suficiente. Abri a porta da geladeira e retirei o embrulho com as sardinhas, que eu havia escondido no fundo do congelador. Limpei-as com a água da torneira para desmanchar a camada de gelo que se formara e elevar a temperatura dos ilustres representantes da família dos clupeídeos. Sim, porque antes de ir à peixaria, eu quisera me assegurar de estar fazendo a coisa certa. Aquela história de botar a razão pra funcionar. O diferencial que me daria a vitória. Eu tinha ouvido falar numa tal de sardinha-de-gato. Na minha ignorância, imaginei que era a única sardinha verdadeiramente apreciada pelos felinos. Consultei o Aurélio. Foi aí que descobri que há uma infinidade de tipos de sardinha. Todas elas pertencentes à família dos clupeídeos. Na dúvida, peguei o telefone e disse ao João que a Mônica tava querendo oferecer umas sardinhas ao Sofio, uma espécie de regalo de fim de semana, mas não sabia que tipo comprar. O João informou que qualquer um servia mas que aquele que eu encontraria com mais facilidade, por ser característico da costa do Rio de Janeiro, era a sardinha-verdadeira, assim mesmo, com este nome. O qualificativo reforçou minha confiança na excelência do plano. Pois bem, voltemos à cena do crime. Depois de lavadas e enxugadas com papel-toalha, as sardinhas-verdadeiras recuperaram o aspecto apetitoso. Cortei-as em vários pedaços pequenos, mas tive o cuidado de manter uma delas intacta. Escancarei a porta da cozinha e caminhei em direção à porta da rua, deixando cair, a cada dois metros, um pequeno naco de sardinha. Entrei no *hall* do corredor e desci, lentamente (eu poderia dizer "com passo de gato", mas você acharia de mau gosto), os degraus que levavam ao primeiro andar, deixando, atrás de mim, um rastro de membros da família dos clupeídeos. Quando cheguei junto à porta da velha, olhei para trás para avaliar o trabalho. Os pedacinhos de sardinha pareciam um rastilho de pólvora rumo ao paiol. O que iria acontecer dali a alguns minutos seria uma espécie de reação química, como o fenômeno da combustão. Bem em frente à porta da velha, depositei a sardinha inteira, aquela sobre a qual Sofio se debruçaria demoradamente, com volúpia, alheio a tudo e a todos, sem saber que fazia sua última refeição.

Voltei para o apartamento de Mônica de mansinho. Antes de dirigir-me para o quarto ainda pude vislumbrar a silhueta de Sofio junto à porta da cozinha. Provavelmente já devorara os pedaços que eu deixara perto da geladeira e esperava apenas o meu retorno para percorrer sem temor a trilha que o levaria à desventura. Fingi que entrava no quarto e fiquei à espreita dos movimentos de Sofio. Logo que o vi atravessar a sala em direção ao *hall* de entrada, caminhei até a porta da rua e a fechei com firmeza mas sem barulho. E, então, encostei-me à parede, como um criminoso que sabe que alcançou o ponto em que não é mais possível o retorno. Fui até o quarto. Mônica dormia placidamente. Antes de entrar debaixo dos lençóis, aumentei o ar-condicionado para que nenhum barulho vindo do *hall* pudesse perturbar o sono da minha querida. Ela precisava de um bom descanso. Amanhã começaríamos vida nova. Antes de adormecer tive a sensação de escutar um rebuliço vindo de algum lugar distante. Mas minha mente flutuava. Era como se estivesse tomada por uma leve embriaguez. Deslizei rumo ao sono com visões de campos imensos povoados de carneiros e vacas. A sensação de paz era indescritível.

Acordei aí pelas nove horas. O sol, por trás da cortina, anunciava a manhã de sábado esplendorosa. Mônica, ao meu lado, se espreguiçava, tentando romper lentamente a fronteira do sono. Esfregou os olhos e virou-se para mim em busca de aconchego. Aninhou-se nos meus braços e, pela primeira vez em muitos meses, senti crescer, dentro do peito, um calor gostoso, que me aquecia de dentro para fora. Lembrei-me do começo do nosso namoro, quando ficávamos assim, deitados na cama, agarradinhos, durante um tempo que parecia nunca acabar, como se pudéssemos ficar ali a vida inteira, indiferentes ao que acontecia fora daquelas quatro paredes. Nossos corpos se encaixavam perfeitamente; "como duas peças de um quebra-cabeça", eu costumava dizer, brincando. Os minutos passavam devagar e eu sabia que nada viria perturbar nossa tranqüilidade. Mas Mônica desgrudou de mim e olhou-me meio sobressaltada.

— Estranho! O Sofio ainda não veio arranhar a porta do nosso quarto. Será que ele está bem?

Sim. Porque ultimamente Sofio não dava trégua. A única limitação que lhe era imposta era o ingresso em nosso quarto durante a noite. Mas a impressão que eu tinha é que, como se fosse um desses oficiais de justiça encarniçados, Sofio esperava, pacientemente, o primeiro raio de sol para vir bater à nossa porta. O despertador tornara-se dispensável, o ruído das unhas na madeira e o miar lamuriento nos acordavam muito antes da hora desejada.

— Deve estar, meu anjo. — Tentei tranqüilizá-la, para não quebrar o encanto dos nossos corpos enlaçados.

Permanecemos mais uns quinze minutos em silêncio, eu, ora apertando ora afrouxando o abraço, apalpando-a, experimentando diferentes encaixes, redescobrindo a maciez de sua pele, sentindo o seu cheiro; enfim, matando as saudades de tudo aquilo que me fizera tanta falta nos últimos meses. Até que Mônica voltou a se inquietar.

— Preciso ver o que aconteceu com o Sofio.

Achei melhor começar a preparar o seu espírito.

— Esse teu gato tem hábitos esquisitos. Um dia desses ainda vai nos pregar uma peça.

— O que é que você quer dizer?

— Não sei. É só intuição. Queira Deus que eu esteja errado.

— Que é isso? Ele é tão ajuizado. Não sai de perto da gente.

— Por isto mesmo. Não é normal. Acaba se saturando.

— Vira essa boca pra lá. Deixa eu levantar e ir até a cozinha ver como é que ele está.

Acendi um cigarro e aguardei, calmamente, o retorno de Mônica. Cada minuto de espera confirmava o êxito do meu plano. Por fim, ela voltou.

— Procurei o Sofio pela casa toda e não encontrei. Será que ele fugiu outra vez?
Era preciso afastar qualquer sombra de suspeita. Respondi com naturalidade.
— Talvez, meu bem. Se você quiser, eu ajudo a procurar.
— Não tem pressa. Ele deve estar na casa da velha de novo. Vamos tomar primeiro o café da manhã.
Senti um alívio. Mônica, obviamente, desconhecia a existência de Maguila. Melhor assim, a sua ignorância a faria pressupor a minha. Desde que o porteiro se mantivesse calado. Havia entre mim e o Severino uma cumplicidade tácita, que começara naquela noite em que eu surpreendi uma das empregadinhas do prédio sentada no seu colo, na portaria, quando ele estava de plantão. Ele, por sua vez, acompanhava, com discrição, a minha paquera com a loira gostosa do quarto andar que outro dia, na garagem, vestindo um *short* apertadinho, pedira que eu a ajudasse a pôr seu carro para funcionar. Mas eu não tinha coragem de alertar o Severino e de revelar, ao mesmo tempo, a trama que eu havia preparado para eliminar Sofio. Não que eu me sentisse culpado. Longe disto. Contudo, soava como demonstração de fraqueza recorrer a expediente tão extremo para livrar-me de um simples gato. Sim, porque ninguém era obrigado a conhecer as artimanhas de Sofio. Sua capacidade de intriga e dissimulação. Se Mônica, que com ele convivia há tanto tempo, ainda não se dera conta de seu caráter nocivo, como exigir que Severino compreendesse as minhas razões?

Fiz questão de ajudar Mônica a preparar o café da manhã. Preparei uns ovos mexidos, ajudei a pôr a mesa e esquentei os *croissants* que eu comprara na véspera sabendo que eles ajudariam a compensar o dissabor que o desaparecimento súbito de Sofio provocaria em Mônica. Saboreei meu desjejum como não fazia há muito tempo e aproveitei para motivar Mônica a organizar a programação do resto do dia.

— Nós podíamos passar o dia lá na prainha, em Grumari. Tomar banho de mar e comer um camarão frito com uma caipirinha. Há muito tempo que a gente não faz isso.

— Mas antes eu tenho que encontrar o Sofio.

— Pode demorar e a gente vai se atrasar muito. Ele deve estar escondido em algum lugar aqui mesmo no prédio.

— Você sabe que eu não vou sair de casa sem ter certeza de que o Sofio tá bem. Se não quiser ajudar, basta esperar com calma. Vai ser rápido.

Era óbvio que não havia como impedi-la de empreender a busca de imediato. Por outro lado, era melhor enfrentar logo a situação. Quanto mais depressa ela soubesse do destino de Sofio, mais cedo se recuperaria do choque. Mesmo assim, cruzei os dedos ao vê-la descer as escadas em direção ao apartamento da velha.

Passaram-se longos minutos. Eu podia imaginar a velha fazendo um relato detalhado dos acontecimentos. Ela e talvez o porteiro da noite (seria plantão do Severino?) eram as únicas testemunhas do sangrento combate que Maguila e Sofio haviam travado nos corredores do prédio. Na verdade Sofio não teria como escapar. Se não soasse paradoxal, eu diria que ele estava preso numa verdadeira ratoeira. Descendo, ele encontraria, de madrugada, a portaria fechada, por razões evidentes de segurança. Subindo, não teria onde se esconder. O prédio, sem elevador, tinha apenas quatro andares, com quatro apartamentos por andar, distribuídos simetricamente num corredor diminuto. Não havia vãos, reentrâncias, recuos, saliências, patamares, nada, lugar algum em que Sofio pudesse se refugiar. Uma vez alcançado o quarto andar, ele teria que enfrentar Maguila de homem pra homem.

Ao cabo de uns quarenta minutos a campainha tocou. Era Mônica. Desabou nos meus braços chorando.

— Você não vai acreditar. Aconteceu uma tragédia. — E Mônica, abraçada a mim, no sofá, transmitiu-me, em meio ao pranto, o que a velha havia relatado. Ela abrira a porta, como de costume, por volta de uma hora da manhã para o passeio noturno de Maguila. Nem teve tempo de perceber a massa negra curvada no chão, bem diante da sua porta. Sentiu o puxão irresistível de Maguila na coleira presa ao seu braço direito e, como a alça ainda não estava bem ajustada no seu pulso, o *pit-bull* desprendeu-se com coleira e tudo, partindo atrás do "bicho preto e peludo" que subia a escada em disparada. Ela não tinha como acompanhá-los, justificou-se, pois o médico a proibira de fazer qualquer esforço. Limitava-se aos passeios noturnos com Maguila e, assim mesmo, por absoluta necessidade. Ficou no patamar do primeiro andar, gritando pelo *pit-bull*: "...mas você sabe, na minha idade a voz já é fraca e, além disso, eu não queria incomodar ninguém àquela hora da noite." Maguila só retornou alguns minutos depois. Trazia, entre os dentes, um tufo de pêlos negros. Nervosa, ela cancelara a saída noturna e pusera Maguila de castigo. Lamentava saber que se tratava do gatinho de estimação de Mônica. Se soubesse, teria avisado em seguida. Também, como é que ele fora parar bem em frente ao seu apartamento, justo na hora em que saía com Maguila? A única explicação era o pedaço de sardinha que alguém deixara cair por descuido na soleira de sua porta. Aliás, o prédio andava uma imundície. Encontrava-se de tudo no corredor e nas escadas. Esse tal de Severino era um boa-vida. Não queria nada com a vassoura. Punha o outro, o mulatinho, pra trabalhar e ficava só dando ordens. Mas o outro, coitado, era muito franzino. Não agüentava o serviço. E patati e patatá... Mônica levantou-se, pediu desculpas e retirou-se. Não queria chorar na frente da velha.

Após o relato, Mônica apressara-se a subir ao quarto andar. Nem vestígio de Sofio. Aquele cão horroroso deve ter engolido o meu gato, deduziu. E caiu num pranto convulsivo.

O resto da manhã foi dedicado à tentativa de consolar Mônica. Meus sentimentos eram ambíguos. Por um lado, doía-me o sofrimento de minha amada. Por outro, tê-la nos meus braços desamparada, necessitando de meu conforto, dependendo de mim para recuperar o ânimo e superar a tragédia, enchia minha alma da certeza de que o destino nos fizera um para o outro e de que, para o resto da vida, em momentos semelhantes, ela encontraria em mim abrigo, proteção, segurança.

O telefone tocou aí pelas 12h30. Mônica, sobressaltada, foi atender. Não sei por que, mas ela ainda guardava uma esperança. A voz continuava choramingosa, embora a fase do pranto convulsivo houvesse passado. Era a loira gostosa do quarto andar, que acabara de acordar.

— Eu estava botando o meu café da manhã na varanda para aproveitar este sol lindo que está fazendo, né? Quando, adivinha só o que aconteceu? Encontrei um gatinho preto, escondido atrás de um vaso grande de planta que eu tenho, morto de medo, coitadinho.

— Morto? Como assim? — perguntou Mônica, assustada com o que parecia ser a confirmação do fim trágico de Sofio.

— Morto é maneira de falar, é claro. Vivo, quero dizer, vivo. Mas tremendo de medo. Deve ter se apavorado com alguma coisa, coitadinho. Será que você não pode pedir para o seu marido — é seu marido, não é? — vir aqui buscar o coitadinho? — A loira tinha escolhido o diminutivo "coitadinho" para expressar toda sua compaixão por Sofio.

— Pera aí que ele já vai. — E Mônica desligou o telefone. Enquanto ela falava, eu acompanhava, ansioso, a conversa com a vizinha. E percebia sua fisionomia passar, pouco a pouco, da perplexidade para o júbilo. Eu não acreditava no que estava vendo. Menos ainda no que eu pressentia. Não era possível que Sofio tivesse escapado da fúria assassina de Maguila.

Mônica, é claro, não me deixou ir sozinho à casa da vizinha boazuda buscar Sofio. Não que suspeitasse que a loira me paquerava acintosamente sempre que cruzava comigo na portaria, mas é que estava louca para ver o Sofio com os próprios olhos, para acreditar que estava são e salvo. Quando a loira abriu a porta, vestia um *short* ainda mais curto e apertado do que aquele com que me brindara na garagem. Não resistiu à ironia quando viu Mônica ao meu lado.

— Oi! Vieram em comitiva? — Mônica, alheia aos antecedentes do meu "relacionamento" com a vizinha, não percebeu aonde a loira queria chegar.

— Meu namorado fez questão de vir comigo. Desde que o Sofio desapareceu, e que nós pensamos no pior, ele tem sido muito solidário. Não é, meu bem?

Mônica, quando eu estava presente, tinha o hábito de completar a maioria de suas afirmativas com a interrogação "não é, meu bem?". Aos olhos de um estranho, podia parecer que ela buscava meu aval para legitimar a verdade do que dizia. Mas, de fato, era uma forma afetada de demonstrar aos outros que, embora sendo dois, éramos um só. Que havia, a nos ligar, um elo muito forte que fazia com que comungássemos experiências, sensações, sentimentos. Para mim, porém, aquela pergunta retórica, à qual eu não precisava (e não deveria) responder, tinha um outro significado. Era como se Mônica falasse por mim também; como se tudo aquilo que dizia pudesse ser articulado pela minha boca mas, por razões de comodidade, preferisse, ela mesma, expressar. Fazia com que eu me sentisse um boneco de ventríloquo.

— Onde é que ele está? — perguntou Mônica, invadindo a casa da loira.

— O coitadinho tá lá na cozinha. Pus um pratinho com leite pra ele beber.

Encontramos Sofio debruçado sobre um pires, sorvendo o leite com sofreguidão.

— Vem cá com a mamãe, meu amor. — Mônica abaixou-se e envolveu Sofio nos braços. Eu não acreditava no que via. Cheguei a pensar que podia ser um outro gato preto qualquer que, por algum capricho da sorte, tivesse ido parar na varanda da vizinha. Gato preto é o que não falta neste mundo. Mas não havia como se enganar. Era Sofio, olhando-me como sempre fazia quando se achava protegido nos braços de Mônica: com um ar meio zombeteiro, levemente superior, como se quisesse mostrar-me, caso eu ainda não soubesse, a inutilidade dos meus esforços diante da sua inexpugnabilidade. Além disso, na altura do pescoço, no lugar que chamamos de cangote, uma pequena clareira, em meio à abundância de pêlos negros, mostrava que o bote de Maguila falhara por fração de milímetro. Mas havia algo diferente em seu olhar. Misturado à expressão de escárnio, percebia-se um traço de espanto atemorizado, como se houvesse descoberto, em mim, algo aterrador que desconhecia.

Eu necessitava, urgentemente, de uma explicação, pois não teria como conviver com a idéia de que Sofio era dotado de poderes sobrenaturais. Eu ouvia dizer que os gatos tinham sete fôlegos, mas, como todo mundo, aceitava a afirmativa como força de expressão. Caso contrário, teria que empreender outras seis tentativas para alcançar o meu intento. Quando retornamos à casa de Mônica, com Sofio ainda aninhado em seus braços, esperei uns dez minutos e pretextei ter que comprar um maço de cigarros no bar da esquina para poder sair de casa. Fechei a porta da rua atrás de mim e subi, lentamente, as escadas em direção ao quarto andar, examinando cada palmo do terreno. Segundo Mônica, a velha dissera que vira Sofio e Maguila subindo as escadas em disparada. As escadas eram desse tipo que mais parece um túnel, sem chaminé interna, em que os degraus terminam, dos dois lados, em paredes que cobrem do chão ao teto. Não havia a possibilidade de Sofio ter escapado ao assédio de Maguila com um drible, saltando em cima de uma mureta, esperando o agressor passar embalado e retornando sobre os próprios passos para descer velozmente as escadas. E, além do mais, como ele poderia ter ido parar na varanda da loira? Uma coisa era descer do terceiro para o primeiro andar, pulando de uma varanda para outra, como presumivelmente já fizera quando se escondera debaixo da cama da velha. Outra era fazer o caminho inverso, ou seja, subir até o quarto andar saltando para o alto, a fim de alcançar a varanda do andar imediatamente acima, ou escalando a fachada do prédio. As duas façanhas eram impensáveis. O mistério tornava-se ainda mais denso quando se sabia que o apartamento da loira dava para os fundos, ao contrário dos de Mônica e da velha. Cheguei ao patamar do quarto andar sem uma resposta para o enigma. Já estava me dirigindo para a escada, para voltar ao terceiro andar, quando vislumbrei, quase no fundo do corredor, à direita, um pequeno vão. Dali saía uma escada pequena e estreita que levava ao terraço, onde ficava a caixa-d'água e estavam instaladas as antenas de televisão. No topo da escada havia uma porta que era mantida fechada a chave. Só o Severino a abria, para fazer a manutenção da caixa-d'água ou para o conserto de uma antena. Era um *cul-de-sac* de um metro e meio de largura. Ali mesmo é que teria sido impossível driblar a fúria de Maguila. Caminhei em direção à pequena escada por mero desencargo de consciência. E foi então que eu vi, do lado esquerdo, minúsculo, quase imperceptível, um basculante feito de três janelas pequenas, situado numa altura bem baixa da parede. Até um gato, a não ser que estivesse lutando pela sua sobrevivência, teria dificuldades em passar por ali. Mas, de repente, tudo estava explicado. Aquele minúsculo basculante, cuja existência se devia, provavelmente, ao equívoco de um arquiteto, dava para a varanda da loira. No desespero de salvar a vida, Sofio se pendurara numa das pequenas janelas do basculante, com o corpo projetado para fora, e caíra na varanda, tendo ainda a queda amortecida pelo toldo amarelo, cuja instalação fora imposta a todos os moradores por um dos síndicos de plantão.

Voltei para o apartamento de Mônica com a sensação de que, apesar de tudo, a razão prevalecera. Havia uma explicação lógica para a sobrevivência de Sofio. Meu plano, embora muito engenhoso, tinha uma falha: oferecera uma pequena brecha à destreza de Sofio. Isto não poderia mais acontecer. Da próxima vez, cada detalhe, por menor que fosse, teria que ser checado. Embora frustrado, o que prevalecia era a sensação de que, finalmente, eu estava virando o jogo.

As emoções por que passara fizeram com que Mônica desistisse da idéia de sair de casa. Preferia ficar junto de Sofio para dar a ele a sensação de segurança de que tanto precisava. Eu aproveitei para instalar-me na única poltrona confortável da sala, sobraçando O *livro das crueldades*, de Patricia Highsmith. Já que, agora, a luta era de vida ou morte, era melhor eu me prevenir, estudando o comportamento de animais assassinos.

O telefone tocou aí pelas oito horas da noite. Mônica

atendeu no quarto. Eu ouvi a sua voz dizer: "Ôi, João! Há quanto tempo!" Desde o desentendimento entre Sofio e Matilde as relações de Mônica e João andavam estremecidas. Eu continuei a leitura do livro. Passou-se um minuto, talvez dois, e, então, pude ouvir, distintamente: "Sardinhas, que sardinhas?" João, com certeza, perguntava a Mônica se Sofio havia apreciado as sardinhas-verdadeiras que recomendara. "Não. Ele não me falou nada", respondeu Mônica a uma nova indagação. Sua voz assumira um tom metálico. Eu queria me levantar para fugir dali, mas o corpo não obedecia. Eu já não ouvia mais nada, pois tentava pensar no que Mônica faria quando saísse do quarto, no que me diria, na forma com que me olharia. Mas a conversa foi curta. Mônica deve ter encontrado uma desculpa para interromper a costumeira prolixidade do João. Quando entrou na sala, continuei debruçado sobre o livro. Minha intenção, nascida de um impulso espontâneo, era afetar indignação com a suspeita vil. Depois, com calma, eu tentaria elaborar uma teoria que apontasse para um outro culpado e servisse de alternativa plausível à versão que a aparência dos fatos impunha, momentaneamente, aos olhos de Mônica. E lá estava ela, trêmula, diante de mim.

— Rua! — E seu braço esticado, com o indicador em riste, apontava para a porta.

— Mas, meu bem...

— Nem uma palavra. Rua!

Ainda tentei ponderar. Mas não há como argumentar com uma mulher transtornada. Aconteceu-me de tentar, algumas vezes, mas sem sucesso. Pensei que mais tarde, quando ela se tivesse acalmado, poderíamos conversar. E a verdade transpareceria. Quem sabe a melhor solução não seria a de assumir a culpa e de afirmar que tudo era fruto do amor imenso que eu sentia por ela? A vida me ensinou que as mulheres estão sempre dispostas a perdoar os piores pecados, desde que justificados por alguma paixão avassaladora. E aí, eu não estaria mentindo. E, por isto mesmo, poderia desempenhar meu papel com mais convicção. Mas, por ora, não havia nada a fazer. O melhor era recolher meia dúzia de trapos, para aplacar a ira de Mônica, e ir dormir na casa do Abdias, colega lá da redação. Acomodei algumas roupas e livros em quatro sacolas de supermercado e fui até o banheiro recolher meus utensílios pessoais. Escova de dentes, de cabelos, barbeador elétrico e, quase ia esquecendo, os duzentos reais, em notas de cinqüenta, que eu retirara do banco para passar o fim de semana, e que deixara sobre a pia. Quando peguei o dinheiro, senti que as notas estavam pegajosas. Deve ter caído sabão, pensei. Coloquei-as no bolso e, antes de sair, tentei ganhar um beijo de despedida. Mônica retirou o rosto em silêncio e apontou para a porta.

    A casa do Abdias não era longe. Resolvi ir a pé. A caminhada me faria bem. Um odor acre subia da calçada. Era, mais uma vez, o chorume derramado pelos caminhões improvisados da coleta de lixo recentemente privatizada pela Prefeitura. Amaldiçoei o alcaide e peguei a primeira rua à direita, em busca de um caminho paralelo. A caminhada seria um pouco mais longa, porém menos malcheirosa. O fedor, no entanto, persistia. Aquilo, decididamente, estava empestando a cidade. Desta vez, peguei a primeira à esquerda e segui em frente até a praia. A aragem do mar diluiria o odor do chorume. Sentei-me num banco de praia para descansar e fumar um cigarro. Botei a mão no bolso e puxei o maço. Junto, grudadas, vieram as notas de cinqüenta reais. Foi então que percebi a origem do mau cheiro. Aquele odor fétido, que me acompanhara por mais de dois quilômetros, vinha daquela gosma pegajosa que impregnava o meu dinheiro. Recoloquei as notas no bolso com nojo. E foi naquele banco de praia, ensimesmado, com o cigarro pendurado nos lábios, que eu atinei para o derradeiro golpe que Sofio me infligira. O gato havia mijado no meu dinheiro! A reserva monetária do fim de semana estava contaminada, conspurcada pelo fluido da bexiga daquele animal imundo. Nem um ser humano, sabidamente o mais cruel dos animais, teria imaginado vingança tão humilhante, tão invasora da privacidade de alguém. Porque, afinal, o dinheiro é como uma extensão do corpo humano. Está presente na maioria dos pequenos gestos que povoam o nosso cotidiano. Do pão matinal ao chope do final do dia, passando pelo cafezinho com os colegas do trabalho no bar da esquina, que serve para pontuar o expediente. Não havia dúvida, Sofio me atingira nos colhões. Até o cigarro estava impregnado daquele cheiro nauseabundo. Senti crescer, dentro de mim, a sensação de enjôo. Vomitei ali mesmo, na areia da praia.

 O Abdias, embora sem ter sido avisado, acolheu-me com circunspecta fidalguia. Também, não poderia ser de outra forma. No passado, eu o abrigara uma dúzia de vezes, por ocasião de desentendimentos semiconjugais. Agora que ele havia juntado um dinheiro para comprar um apartamentozinho no Baixo Leblon, chegara a sua vez de conceder asilo aos amigos. E depois não seria por muito tempo.

Deixei passar o fim de semana antes de buscar a reconciliação com Mônica. No domingo ela certamente sentiria a minha falta dentro de casa; a segunda-feira, portanto, parecia um dia propício para o início da minha abordagem de paz. Esperei, contudo, que a segunda-feira se escoasse para pegar o telefone e ligar para a casa de Mônica. Pelo horário, já tivera tempo de tomar um banho e comer alguma coisa. Escolhi o momento em que se encerrava a novela das oito, para não ter que competir com o Antônio Fagundes. Ela atendeu. Quando ouviu a minha voz, desligou incontinenti. Tentei de novo. Ela colocara o telefone na secretária eletrônica. Continuei insistindo, a intervalos regulares, até a meia-noite. A resposta era sempre a mesma: "No momento não podemos atender, queira deixar..." Fui dormir, certo de que no dia seguinte teria melhor sorte.

O fato, porém, é que, de terça a sexta, todas as minhas tentativas foram infrutíferas. Quando ela atendia, desligava imediatamente. Em seguida, entrava em funcionamento a secretária eletrônica. No sábado, acordei cedo, pensando em surpreendê-la ainda na cama. Uma semana sem calor humano entre os lençóis era, com certeza, mais do que suficiente para pôr algum juízo em sua cabecinha teimosa. Peguei o telefone e disquei. E, aí, aconteceu algo singular: do outro lado, a voz que atendeu era de homem. De início, pensei que tivesse sido engano. Disquei novamente e a mesma voz, meio pastosa, como de alguém que acorda, soltou um alô. Desliguei e fiquei matutando no que poderia ter acontecido.

Mônica tinha um primo que estudava em Campinas e, uma vez ou outra, vinha passar o fim de semana no Rio. Acontecia, às vezes, de ficar em sua casa. Bem mais jovem do que ela, não representava um perigo efetivo. Não havia por que ter ciúmes ou sentir-me apreensivo. Resolvi dar uma caminhada na praia para espairecer. Mais tarde eu tentaria de novo.

Na volta da praia passei no Bracarense para tomar um chope. Envolvido na discussão sobre futebol, não vi o tempo passar. Quando dei por mim já eram quatro horas da tarde. Voltei para o quarto-e-sala do Abdias. Ele tinha ido passar o fim de semana na casa de campo de uma nova namorada, lá em Teresópolis. O apartamento minúsculo era todo meu. Corri para o telefone e disquei os números que meu dedo indicador já encontrava automaticamente no disco. De novo a voz de homem atendeu. Desta vez era um alô claro, sonoro, bem distinto, embora pronunciado com muita rapidez. Será que eu tinha detectado um certo tom de impaciência naquele alô? Tentei mais duas ou três vezes. A mesma voz retrucava alô, de forma crescentemente rápida e exasperada. Botei um CD no aparelho de som, peguei um bom livro e decidi dar tempo ao tempo.

Aí pelas dez da noite, resolvi tentar mais uma vez. Eu imaginava que o jovem primo, numa noite de sábado, estaria na rua, em busca de algo melhor do que suas coleguinhas da faculdade de Campinas. Mas quem atendeu foi ele. Aquilo começava a me irritar. Primo, ou prima, todos nós temos, ou somos, nem por isso admitimos, ou nos permitimos, o direito de abusar. Quando voltasse a falar com Mônica civilizadamente, eu chamaria sua atenção para os riscos dessa complacência.

Para evitar aborrecimentos que poriam tudo a perder, decidi dar uma trégua às minhas tentativas durante o domingo. Afinal, não valia a pena arruinar as chances por causa de um parente que estava de passagem. Na segunda-feira, com o primo já de volta aos seus insetos em Campinas (eu me lembrara que ele estudava biologia), eu poderia voltar à carga.

Na segunda-feira, dei tempo ao tempo. Esperei até as dez e meia da noite, hora em que Mônica, habitualmente, se preparava para dormir. Tirei o telefone do gancho e relaxei o corpo no encosto do sofá da sala. No quarto, Abdias já caíra no sono, embalado pela leitura de *O mínimo para você se sentir o máximo*, um guia para uma alimentação sadia. Ultimamente ele vinha se considerando gordo, em boa parte por influência da nova namorada; a tal, da casa em Teresópolis. O telefone tocou umas cinco vezes. Será que Mônica saíra? Numa segunda-feira seria inusitado. Era um dia da semana que Mônica dedicava, invariavelmente, a ficar em casa. No sétimo toque a voz masculina atendeu. Desta feita, de maneira calma, pausada. O alô límpido, cristalino, foi repetido três vezes, de forma propositadamente arrastada para que o interlocutor, do outro lado da linha, pudesse identificar a origem do som. Três fonemas, repetidos três vezes; o bastante para decifrar o enigma. A voz, familiar, inconfundível, era do João!

Levei alguns dias para me recuperar do choque. Mas qualquer dúvida que pudesse subsistir foi desfeita pela meia dúzia de telefonemas que dei, durante o resto da semana, e que foram atendidos pelo João, cuja emissão sonora assumia, aos poucos, o timbre seguro que distingue a voz do dono da casa. Estava sempre lá, a qualquer hora do dia ou da noite, usufruindo a sua condição de desempregado. A situação era duplamente humilhante: ser substituído com tamanha presteza e logo por quem? Pelo João, mistura de *hippie* com cientista louco, figura folclórica do Baixo Gávea, motivo de risota pelas costas e de escárnio pela frente, representante legítimo da escumalha da geração dos anos 70 e que vivia de filar chope dos amigos no Hipódromo? Era demais.

Passei uma semana apalermado, sem saber como agir. Mas algo precisava ser feito. Eu não podia deixar o charlatão do João conquistar definitivamente a simpatia de Mônica graças a meia dúzia de noções de veterinária; mal assimiladas, por sinal. Porque eu não tinha dúvidas de que, por meio transverso, o instrumento da conquista de Mônica tinha sido, uma vez mais, o demoníaco Sofio. Era preciso agir com rapidez. E, desta vez, de forma drástica e definitiva. Lembrei-me do Frias. Era um detetive que eu conhecera no início da carreira de jornalista, quando ainda fazia reportagem policial. Eu sabia que ele havia se metido em algumas trambicagens e, por isto, tinha sido suspenso de suas funções durante um tempo. Segundo as últimas notícias, abrira um negócio de segurança privada e adotara técnicas inovadoras neste ramo florescente dos negócios. Sabia que ele tinha um sítio na Zona Oeste, onde se entregava, discretamente, às suas experiências. Não foi difícil encontrar seu telefone através do pessoal do jornal.

— Frias? Tudo bem? Você se lembra de mim? — Expliquei quem eu era. Ele ainda se lembrava. — É verdade que você está criando leões? Que eles ficam tão adestrados que podem servir de cães de guarda? Frias confirmou as informações que eu obtivera. Disse que os leões eram um sucesso. Havia descoberto um verdadeiro nicho de mercado. Já havia uma dezena trabalhando como seguranças em casas de ricaços na Barra e no Recreio dos Bandeirantes. Perguntou-me se eu não vira um programa em que o Falabella apresentava as suas feras. Depois do programa, então, as encomendas estouraram. Ele não tinha mãos a medir.

— Você quer fazer uma reportagem?

Expliquei que se tratava da necessidade de um amigo meu, figura importante, que preferia permanecer no anonimato; e combinei uma ida ao sítio no dia seguinte para escolher uma cria.

Eu estava justamente satisfeito com a decisão que acabara de tomar. Agora, sim, Sofio enfrentaria um rival à altura. Um exemplar apurado da mesma família dos felídeos, uma espécie de primo mais robusto. Seria gato comendo gato, por assim dizer. E o João, pobre João, poderia pôr em prática seus conhecimentos de veterinária num campo de provas adequado às suas pretensões científicas. Se escapasse com vida, teria muito que contar no Baixo Gávea.

Senti-me revigorado. Pela primeira vez, em muito tempo, achei disposição para o exercício físico. Sentei na bicicleta ergométrica que o Abdias acabara de comprar e pedalei durante meia hora. Depois, tomei uma ducha fria e parti para o batente no jornal.

Na redação o clima era de enterro. O Flamengo perdera mais uma vez. Minha felicidade contrastava com o desânimo geral. "Animal", gritava o Seixas. "Animal, porra nenhuma! Esse Edmundo é um gatinho de merda!"

Não pude deixar de sorrir.

A Espera

Luiza foi até a cozinha, abriu a porta da geladeira e tirou de dentro do congelador a lata de sorvete. Escolheu a maior tigela que encontrou no armário, pegou na gaveta uma colher de sopa e encheu o recipiente até a borda com a massa cremosa colorida de rosa, marrom e branco. Olhou à sua volta e experimentou o prazer de estar sozinha em casa.

Eram quase cinco horas da tarde de um domingo ensolarado. Dirigiu-se para o quarto da mãe, estirou-se na cama de casal, acionou o controle remoto da televisão e ajeitou o corpo para assistir confortavelmente a *De volta para o futuro*, com aquele gatinho do Michael J. Fox.

Sorveu lentamente a primeira colherada de napolitano, o seu sabor preferido. O creme frio desceu pela garganta, provocando um contraste agradável com o calor de seu corpo, aquecido durante quase quatro horas de permanência na praia, em pleno verão carioca. A sensação de liberdade misturou-se ao gosto do sorvete.

Luiza tinha colocado um vestido bem leve, de alcinhas, com estamparia de flores sobre um fundo cinza-claro, que caía a meio caminho das coxas, cerca de oito dedos acima dos joelhos. Assim, deitada, o ventilador, colocado ao pé da cama, lançava uma aragem gostosa que lhe subia pelas pernas e penetrava levemente por baixo do vestido. Lembrou-se de ter sentido uma sensação parecida por ocasião de uma viagem à Serra da Bocaina com a turma do colégio. Haviam escalado uma pequena montanha, e Luiza sentara sobre uma pedra a olhar o vale lá embaixo. De repente, soprou, por alguns minutos, uma brisa de final de tarde que, de baixo para cima, formou um pequeno turbilhão dentro do *short* folgado que ela usava. Foi como um bálsamo para suas pernas cansadas do esforço. A professora precisou chamá-la com insistência para que não fosse deixada para trás, ali, absorta e impassível, logo na hora em que havia encontrado a melhor posição para acolher o vento em seu corpo.

Tinha feito onze anos havia uma semana. Mas, que se lembrasse, era a primeira vez que ficava sozinha em casa. A mãe era cheia de cuidados; ainda mais acentuados desde que se separara do marido. Luiza passava o dia todo no colégio, enquanto a mãe trabalhava. Nas raras vezes em que a mãe saía à noite, durante a semana, ela ficava na companhia da empregada, que só tinha folga aos domingos. Por isto, antes de sair, a mãe fizera certas recomendações: "Não dê conversa a estranhos no telefone; não abra a porta para ninguém, nem mesmo para o porteiro; passe a tranca na porta; não vá à rua comprar nada; se quiser alguma coisa, diz agora, que eu vou e compro para você." Tomada pela emoção da perspectiva de ficar sozinha, só conseguiu se lembrar do "sorvete napolitano".

A mãe tivera que sair às pressas, pois haviam telefonado do hospital, no começo da tarde, para avisar que tia Emília tinha sido internada com uma forte hemorragia e seria operada de urgência. A sobrinha era a única parente que tia Emília tinha no Rio de Janeiro e seu nome foi dado à recepcionista do hospital como o da pessoa a ser comunicada em caso de necessidade. A operação era arriscada, tendo em vista a idade da paciente, e o médico achou melhor prevenir a família.

A mãe prometeu a Luiza que procuraria não demorar. Ficaria apenas o tempo suficiente para certificar-se de que a operação tinha corrido bem e, talvez, para esperar que a tia acordasse da anestesia. Ah!, ia esquecendo: não tinha conseguido avisar Eduardo, o namorado, do que estava acontecendo e, por isto, ele deveria chegar, como combinado, aí pelas sete horas da noite. Pediu a Luiza para fazer as honras da casa, enquanto ela não voltasse.

A mãe e Eduardo namoravam há cerca de seis meses. Mas foi apenas depois do terceiro mês de namoro que ele passou a freqüentar o apartamento. Quantos anos teria? A mãe tinha feito trinta e três e Eduardo parecia ter mais ou menos a mesma idade. Quem sabe, talvez, dois ou três anos mais velho. Mas podia ser até que não, pois o bigodinho que usava, parecido com o daquele ator de filmes antigos que a mãe adorava, como era o nome mesmo? Errol o quê?, lhe dava um ar falsamente circunspecto.

Luiza não podia se queixar do namorado da mãe. Era atencioso, sem ser insinuante. Nada de assumir ares protetores, ou de inquirir sobre sua vida pessoal. No início, Luiza temeu que ele quisesse substituir o pai distante que, após a separação, conseguira uma bolsa de pesquisa numa universidade norte-americana e só se fazia presente pelo envio de um cartão-postal ou de uma pequena carta quinzenal ou, ainda, por um telefonema em ocasiões especiais. Mas, com o tempo, verificou que Eduardo procurava manter com ela um convívio apenas civilizado, como forma de evitar dissabores na sua relação com a mãe. Melhor assim, pois Luiza já se preparara para rechaçar qualquer tentativa de invasão de sua privacidade. Não toleraria perguntas sobre namorados, avaliação de suas amizades, insinuações sobre seus estudos ou hábitos alimentares. Bastava a mãe a fiscalizar a sua vida.

Aproveitou o primeiro intervalo comercial e foi até seu quarto para buscar Eleutéria. Colocou-a a seu lado, na cama da mãe. De todos os animais de pelúcia que possuía, Eleutéria, a pata, era a preferida, com seu chapéu branco de aba larga e lenço cor-de-rosa enrolado no pescoço. Tinha um ar distinto, de grande dama. Diferente daqueles bichinhos "fofinhos" que até hoje lhe davam de presente no dia de seu aniversário. Ela mesma a tinha escolhido numa loja de antiguidades em que estivera com o pai e sua namorada quando fora visitá-lo nos Estados Unidos. Eleutéria, portanto, não era um bichinho de estimação, era um objeto de decoração. E ficava bem em qualquer lugar. Dava um toque de classe ao ambiente.

Lembrou-se da manhã na praia. Engraçado, já não sentia mais o mesmo prazer em esperar o mar bater em seu corpo para deixar-se levar, rolando, até a beira da areia. Nem em furar ondas ou catar tatuís. Agora, ficava mais tempo sentada. E prestava mais atenção ao que acontecia à sua volta. Era como se as pessoas passassem a ter importância, igual ou maior, do que os outros elementos da praia. E notava, também, mais interesse dos outros em si. Homens e mulheres olhavam para ela com mais freqüência. Os homens sobretudo, parecia-lhe. De todas as idades. Ou melhor, de quase todas. Um modo novo de olhar. Antes, tinha a impressão de que se interessavam pelo que fazia. Sempre fora muito viva e agitada e isto atraía a curiosidade das pessoas. Mas, ultimamente, não. Tinha a sensação de que olhavam para ela, e apenas para ela. Mesmo quando fazia coisas banais, como levantar-se da areia e caminhar até o mar, sentia um ou outro olhar a acompanhá-la. No início, isso a incomodava. Examinava de relance o próprio corpo, mirava, de esguelha, o maiô, em busca de algo inusitado que pudesse despertar a atenção. Quem sabe uma estrela-do-mar, sonhava, agarrara-se à sua perna e ela não percebera? Ou, talvez, que vergonha, uma rodela de tomate? A praia andava tão suja! Com o tempo, foi se acostumando. Hoje, quando acontecia de não se sentir observada, estranhava. A sensação fazia parte da praia, como o mar, o sol e a areia.

    Outro dia, deitara-se de bruços, os braços cruzados sob a cabeça voltada de lado para o sol do meio-dia. Quando virou o rosto, para bronzear a outra face, deparou-se com ele. O homem, a uns cinco metros de distância, mirava um ponto fixo. Absorto, não se deu conta de que ela passara a observá-lo. O olhar do homem não procurava nada, nem denotava estranheza ou perplexidade. Não havia nele sinal de cansaço, como no de alguns doentes que tinha visto no hospital, que penduravam os olhos no teto, ou em algum ponto da parede, como se a vista já tivesse visto coisas demais ou o simples fato de ver representasse um esforço insuportável. Não. Não havia lassidão naquele olhar. Apenas abandono. Lembrou-se de ter visto pequenos pássaros, em dia de muito calor, pousarem no galho de uma árvore e ali ficarem imóveis, durante longo tempo, aproveitando a sombra e a aragem refrescantes. O olhar do homem, da mesma forma, tinha encontrado o que buscava. Passou-se algum tempo antes que ela percebesse que ele repousava sobre uma parte qualquer do seu corpo. Parecia que o homem depositara o olhar ali, num ponto preciso, enquanto sua mente deambulava.

O homem percebeu, finalmente, que ela o fixava e cravou seus olhos nos dela por um tempo que, para Luiza, pareceu interminável. Ela manteve seus olhos fitos nos dele porque baixá-los seria confessar que fora surpreendida observando-o ou, talvez, porque quisesse entender. As pessoas intrigavam-na. Por fim, o olhar do homem escorregou lentamente para a posição anterior, como à procura de um objeto de valor deixado para trás por distração. Na sua linguagem inaudível, ele dizia: "Bem, agora já sabes para onde olho, mas isto pouco me importa." Ela sentiu um leve langor dominar seu corpo e fechou os olhos levemente, sabendo que continuava a ser examinada pelo estranho. Seu corpo esquentou por dentro e, de repente, a intensidade do sol já não era mais o que a aquecia. Ficou assim, de olhos fechados, por vários minutos, até que a voz estridente de uma amiga da mãe interrompesse seu torpor: "Esta é a Luiza?

Meu Deus, como cresceu!" Sentiu-se na obrigação de girar o corpo e levantar o tronco, para ser devidamente avaliada. Ela mesma notara mudanças em seu físico. Será que era isto que atraía a atenção dos homens? Olhando-se no espelho vira, pouco a pouco, os seios deixarem de ser apenas dois pequenos cones, estufarem para os lados, aumentarem de volume, a pequena mancha marrom do mamilo se ampliando. Antes, podia envolver os seios com os dedos da mão unidos como um feixe. Agora, tinha que abrir a palma em forma de concha para ter a sensação de abarcá-los. E, quando os tocava, dos seios emanava um calor mais forte. A cintura bem definida, as coxas roliças, a bundinha arredondada, compunham um conjunto que lhe parecia harmônico. Não se sentia mais como a boneca desengonçada que lhe valera o apelido de "Pantera Cor-de-rosa" entre os meninos da escola. As pernas, os braços, o tronco e os quadris desarticulados, os membros crescidos demais para o resto do corpo, tinham desaparecido, como uma velha boneca de pano que se joga fora.

 Já eram seis horas. Dentro em pouco Eduardo chegaria. A mãe já tivera três namorados desde que se separara do pai. Mas Eduardo era o que Luiza preferia. Por que seria? Talvez porque a tratasse de forma meio cerimoniosa, fazendo-a esquecer que ainda era quase uma criança. Os dois namorados anteriores lidavam com Luiza de um jeito exageradamente simpático que ela nunca os vira utilizar com adultos. Mas quando a mãe ralhava com ela, Eduardo, talvez com o desejo de amenizar o efeito da repreensão, tinha uma maneira suave de sorrir, que Luiza entendia como uma oferta sutil de cumplicidade.

Às vezes pensava em Eduardo. Isto acontecia sobretudo nos momentos de abandono, em que se dedicava a quase nada. Como após o jantar, quando se deitava na cama folheando distraidamente uma revista, à espera de que chegasse a hora de um programa de televisão que lhe interessasse. Ou, então, à noite, pouco antes de cair no sono, instante em que as imagens penetravam em sua mente sem que se desse conta. Nestas horas não pensava no Eduardo vestido de terno e gravata, recém-saído do trabalho, que aparecia em sua casa duas ou três vezes por semana para tomar um uisquinho ou para levar a mãe a jantar ou ao cinema. Era um outro Eduardo, que conhecera num fim de semana de carnaval que ele, Luiza e a mãe haviam passado juntos na ilha de Jaguanum. Saíram, os dois, para passear num pequeno barco a remo e a imagem que lhe vinha à mente, nas horas de devaneio, era a do Eduardo remador, de pernas semi-esticadas e abertas, músculos das coxas retesados, suor escorrendo pelo torso nu, calção folgado denunciando o despontar da virilha. Era uma pena que não tivessem os três saído do Rio para outros fins de semana como aquele. "Falta dinheiro", dizia a mãe. Daqueles dias de feriado prolongado ficara em Luiza um gosto de terra distante, ainda por desbravar. Uma sensação que só encontrara nos livros de aventura. E, no entanto, era tão perto do Rio de Janeiro!

Dali a pouco, Eduardo tocaria a campainha. A mãe recomendara que lhe fizesse as honras da casa. O que isto quereria dizer? Não podia deixar de oferecer-lhe um pouco de seu napolitano, por mais que isto lhe custasse. Convidá-lo a ver o filme com ela, quem sabe? Mas será que ele não acharia as aventuras de Michael J. Fox demasiado adolescentes? Ou não seria melhor desligar a televisão e oferecer-se para colocar um CD de que ele gostasse no aparelho de som da sala? Luiza levantou-se da cama, abriu a porta do guarda-roupa da mãe e examinou sua aparência diante do espelho. O vestido de viscose colava levemente em seu corpo. O decote mostrava apenas o início da curvatura do busto, mas os seios, já bastante crescidos, estufavam o tecido. A pele bronzeada contrastava com o fundo claro da roupa. As coxas morenas eram seu motivo de orgulho, e o vestido curto mostrava o suficiente para que se pudesse adivinhar o resto do contorno até os quadris. Virou o corpo meio de lado e entortou a cabeça para avaliar o caimento do vestido nas costas. Desistiu da idéia de trocar de roupa. Lembrou-se de que, por baixo do vestido, usava uma calcinha de algodão com elástico que cobria a parte inferior de seu corpo quase tanto quanto o maiô de uma única peça que usava na praia. Preferia que Eduardo nem desconfiasse disto. Mas, também, ainda não tinha tido coragem de pedir à mãe que lhe comprasse calcinhas como as da Bruna, cavadas, cheias de rendinhas e até mesmo com um lacinho de enfeite abaixo da cintura. E Bruna era apenas um ano mais velha do que ela. Tentava imaginar como ficaria usando uma daquelas. E um dia, quem sabe, talvez pudesse substituir o sutiã folgado que vestia por um decotado, tipo meia-taça, com aquele suporte metálico que fazia os seios saltarem um pouco para fora, como já vira em anúncios de revista.

E se Eduardo quisesse assistir à televisão? Não havia onde se sentar, a não ser a seu lado, na cama. Ele e a mãe muitas vezes ficavam ali, corpos estirados, vendo um filme no videocassete ou assistindo ao telejornal. Naqueles momentos, os dois transmitiam um ar de intimidade que só o silêncio, associado à proximidade física, pode proporcionar. Luiza sentiu um *frisson* ao pensar em compartilhar com Eduardo uma sensação parecida e tentou prestar mais atenção no filme.

Deitou-se de novo na cama. Olhou para o relógio sobre a mesa-de-cabeceira. Eram seis e meia. Estava quase na hora de Eduardo chegar. Sentiu seu coração bater mais forte. Fechou os olhos e imaginou-o deitado a seu lado, os pés para fora da cama, para não sujar a coberta, numa posição em que já o vira muitas vezes. Será que ele sabia que ela ainda usava aquelas calcinhas sem graça, de menininha pequena? A própria Luiza lavava sua roupa de baixo quando tomava banho e, às vezes, deixava-a enrolada na torneira do chuveiro ou, então, esticada no suporte da cortina da ducha. Eduardo, provavelmente, já tinha visto uma de suas calcinhas pendurada no banheiro. Enrubesceu, envergonhada. Pensou em como reagiria se ele, ali ao lado dela, lançasse o olhar sobre suas coxas. Fingiria não notar? Levantaria, pretextando ter que pegar algo na geladeira? Sentiu a respiração presa, como acontecia por vezes nos pesadelos, quando mesmo correndo perigo não conseguia se mover, dizer uma palavra, esboçar qualquer reação. Antes que a ameaça se consumasse, ela acordava sobressaltada. Mas havia aquela fração de segundo em que, ainda dormindo, a iminência do perigo atemorizava e atraía, ao mesmo tempo. Continuou deitada, imóvel, de olhos fechados. E se ele a olhasse com insistência, como aquele homem na praia? Com o mesmo olhar embaçado, perdido em algum lugar de seu corpo? Só de pensar atou-se um nó em sua barriga, como se a musculatura toda, em volta do umbigo, se contraísse. Era parecida, mas não exatamente igual, com a sensação que o medo lhe provocava. Sob os músculos contraídos, lá dentro do corpo, crescia um calor gostoso, que descia pela cintura, alcançava o ventre, espraiava-se pela parte interna das coxas e se transformava numa leve ardência bem na altura daquela flor rosada em volta da qual mais e mais pêlos nasciam nos últimos meses. A respiração soltou-se, finalmente, e o prazer do abandono invadiu o seu corpo. Percebeu que algo, dentro dela, derretia. Sentiu um filete úmido escorrer por entre as pernas e começou a desfalecer.

A estridência da campainha interrompeu a vertigem. Sentou na cama, sobressaltada. Só conseguiu recuperar-se do susto depois do terceiro toque. Levantou-se meio zonza, arrumando o vestido e ajeitando os cabelos com os dedos. Não podia abrir a porta toda amarrotada, mas se demorasse muito a atender talvez Eduardo fosse embora pensando que não havia ninguém em casa. Esticou o corpo para alcançar o olho mágico mas não conseguiu enxergar ninguém no corredor escuro. "Quem é?", perguntou. "Sou eu, minha filha. Saí com tanta pressa que esqueci a chave." Luiza rodou lentamente a chave na fechadura e abriu a porta com relutância. "E aí, o Eduardo já chegou? Não? Este meu namorado está sempre atrasado. Mas, também, não posso me queixar. É o único defeito que ele tem, não é?"

Três Amigos e uma História

— Vejam só — disse o primeiro, e o dedo apontava vagamente para o mar. — Não me lembro de tanta beleza disponível no tempo em que eu era jovem.

— Nem tão despudorada — completou o segundo.

Eram três amigos sentados na varanda de uma casa à beira da praia de Geribá, em Búzios, bebericando cerveja numa manhã de carnaval, atentos à profusão de jovens corpos femininos extravasando os limites dos biquínis minúsculos. Cinqüentões bem-sucedidos em suas respectivas vidas profissionais, eles desfrutavam o descanso merecido do fim de semana prolongado "jogando conversa fora".

— Eu até que não posso me queixar — afirmou o terceiro —, tive meu tempo. Elas talvez não fossem tão liberadas, nem tão belas. Mas nem por isso se pode dizer que o prazer era menor. Não dá pra comparar.

— Isso é saudosismo — retrucou o primeiro. — É aquele papo de *no meu tempo era melhor*. Parece os nossos pais querendo nos convencer de que Leônidas, Friedenreich e Heleno jogavam mais do que o Pelé.

— Difícil de dizer — interveio o segundo. — É impossível avaliar o valor ou o sabor daquilo que não se conheceu ou se provou.

— Essa não! — E ao dizer isto o primeiro aprumou o corpo na cadeira e virou-se para os outros dois, vislumbrando a possibilidade de acrescentar à cerveja gelada seu complemento natural: uma polêmica quente. — Eu, por exemplo, estou convencido de que o sabor daquilo que não se provou é, muitas vezes, mais duradouro do que a sensação que deriva da saciedade.

Os outros se entreolharam, sem entender.

— Eu explico — continuou o primeiro. — Quem é que não tem, dentro de si, a memória obsessiva de uma mulher que não comeu por algum capricho do destino? E que deixa na língua um travo, doce ou amargo, mais persistente do que tudo aquilo que já provou? De tal maneira que a sensação imaginada, mas desconhecida, se torna tão, ou mais real, do que outra qualquer?

— Esse papo tá muito abstrato — queixou-se o segundo amigo. — Dá um exemplo.

— Tá legal, vou contar uma história para ilustrar o que estou dizendo — consentiu o primeiro.

"Eu tinha uns quatorze anos de idade quando este episódio ocorreu. Tenho certeza de que foi em 1958, por causa da Copa do Mundo. Minha família morava, então, num conjunto residencial com vários blocos de apartamentos, um dos primeiros deste tipo na Zona Sul, anterior mesmo à Selva de Pedra. Dois anos antes, a Carminha tinha vindo morar no meu prédio.

"De início, sua presença no edifício era discreta. Quem acordasse cedo poderia vê-la de manhã, indo ou voltando da praia com a filhinha que devia ter uns três anos. Ou, então, nos fins de semana, quando Carminha, a filha e o marido saíam paramentados para algum programa de domingo. Eu deveria dizer o suposto marido, já que se suspeitava, no prédio, que ela e aquele homem gordo, baixo, branquela e de olhar bovino viviam em concubinato, à espera de que se desatasse o nó que o ligava à família que ainda mantinha em São Paulo. O Azevedo, era esse o seu nome, tinha uns vinte anos a mais do que Carminha, e um vizinho de andar, que conseguira trocar com ele algumas palavras, garantia que se tratava de um homem rico, com muitos negócios em outros estados.

"Mas, mesmo discreta, a presença de Carminha não podia deixar de causar alvoroço. Pois a verdade é que naquele conjunto de seis blocos, com mais de duzentos apartamentos, não havia ninguém que chegasse aos seus pés. Pra começar, ela era loura, uma raridade numa época em que não se fabricavam louras a golpes de colorantes capilares. Uma mistura de Marilyn Monroe com Kim Novak. Da primeira, tinha a sensualidade natural e exuberante, uma espécie de atributo físico resultante da genética, como a cor dos olhos, por exemplo. Da segunda, tinha o ar de sonsa, a sexualidade enrustida, maldisfarçada no jeito manemolente de caminhar e se mover. Devia ter uns vinte e poucos anos, o que para os garotos de minha idade representava um abismo intransponível. E um corpo que, na década de 1950, só víamos nas páginas da revista *O Cruzeiro*, nas reportagens sobre concurso de Miss. Hoje, a beleza física tá banalizada. Todo mundo se cuida, malha em academia. Na época, não. As mulheres envelheciam depressa. E Carminha era um primor. Tava naquela faixa etária, naquele intervalo preciso de tempo, em que deixara de ser uma menina inexperiente mas mantinha, ainda, o frescor da juventude.

"Com a mesma intensidade com que atraía a atenção dos homens, Carminha despertava a inveja das senhoras do prédio. Tanto que não tardaram a surgir histórias escabrosas a respeito de seu passado. Falsas ou verdadeiras, não se sabe. Mas o fato é que se amoldavam perfeitamente à situação. Explicavam a inadequação daquele marido gordo, feio e rico. Justificavam a ausência de parentes, a mudança para o Rio, a falta de relacionamento social e o afastamento em relação aos vizinhos. A mais popular de todas contava que o Azevedo a tinha conhecido num prostíbulo, onde se encantara com o ar aparentemente ingênuo daquela jovem. Enamorado, oferecera-lhe vida nova. Para ela e para a filha nascida de uma paixão rápida e avassaladora que Carminha tivera quando mal completara dezoito anos. O pai da criança a abandonara, com medo de assumir suas responsabilidades. E Carminha, rejeitada pela família pobre do interior de São Paulo, não tivera outra solução senão buscar o caminho da zona.

"A passagem de Carminha pela minha vida poderia ter se resumido a isto: uma espécie de visão, uma miragem intangível, embora com hora certa para ir à praia. De tal forma que eu poderia me indagar, ainda hoje, se ela teria realmente existido ou seria fruto de minha imaginação. E é nisto que reside a diferença entre a fantasia e aquilo a que me referi antes, que eu chamaria de 'a vida que não foi'. As fantasias chegam e desaparecem sem sabermos por quê. E são geralmente inexplicáveis. Pelo menos para nós, que não somos especialistas em desvendar os mistérios da mente humana. Já aquela parte da vida que nos é negada por um capricho da sorte ou por um cochilo da nossa vontade é como uma existência paralela que poderia ter sido nossa e não foi. Pois Carminha entrou na minha existência paralela graças a um acontecimento inesperado.

"Ela já morava no prédio há uns dez meses, sempre indiferente ao interesse dos vizinhos, quando a silhueta começou a revelar os primeiros sinais da gravidez. Sim, Carminha esperava um filho. E a primeira reação da vizinhança foi duvidar da paternidade do Azevedo. Mas não havia como fazer prosperar esta nova maledicência, apesar das viagens freqüentes do marido. Os fatos eram incontestáveis: Carminha vivia para o lar e a filha. Mal trocava um bom-dia com os outros moradores. Só saía de casa para levar a menina à praia. E, mesmo assim, num horário tão propositadamente matinal que só podia ser para fugir da curiosidade alheia. O sentimento de pena, então, passou a predominar. Aquele bagre engravidara a pobre moça para melhor subjugá-la! Que maldade, uma jovem tão bonita ser obrigada a dar à luz um filho daquele estupor!

"Mas, apesar da indignação da vizinhança, a gravidez seguiu seu curso natural e, um belo dia, espalhou-se pelo prédio a notícia de que o Julinho havia nascido. Passaram-se algumas semanas antes que Carminha levasse o bebê para tomar seu primeiro banho de sol na pracinha da esquina. À sua passagem, as senhoras do edifício se debruçavam sobre o carrinho do recém-nascido e tentavam trocar algumas palavras com a jovem mãe, usando os cumprimentos de praxe. Procuravam, ao mesmo tempo, matar a curiosidade (com quem se pareceria Julinho?) e aproveitar a ocasião, mais do que propícia, para quebrar o isolamento e o mutismo de Carminha. E foi um choque! O bebê era lindo. Desses de propaganda. Gordinho, simpático, bem-humorado. E, por incrível que pareça, era a cara do Azevedo. Sim, porque a feiúra do Azevedo, agora se percebia, vinha do fato de que parecia um bebê gigante.

"O Julinho conquistou, de imediato, as senhoras do prédio. E provocou, em Carminha, uma mudança surpreendente. À medida que o bebê crescia, e ficava ainda mais bonito, seu orgulho natural de mãe a compelia à sociabilidade. Já sorria para as vizinhas que brincavam com o garoto e respondia, de bom grado, às indagações sobre os hábitos de Julinho. Mas não ia muito além disso. Parecia não querer expor sua intimidade à invasão alheia. Simplória como era, podia, ainda assim, distinguir o interesse genuinamente afetivo da curiosidade malsã. E era esta última, sobretudo, que a cercava por todos os lados. Talvez, com uma única exceção.

"No mesmo andar de Carminha, do outro lado do corredor, morava a família do Lúcio. Ele era dois anos mais velho do que eu mas nós nos entendíamos muito bem. Sua mãe era dessas senhoras cuja bondade e simpatia transparecem na fisionomia. Com duas crianças pequenas para cuidar e uma história pregressa de rejeição familiar, Carminha achou em Dona Aurora — viúva que ressentia a ausência do marido — o amparo de que necessitava. E passou, pouco a pouco, a freqüentar-lhe a casa assiduamente. Como se tivesse reencontrado a mãe que lhe faltara no momento da primeira gravidez, quando mais precisava de carinho materno. A senhora acolheu a amizade de Carminha com prazer. Era seu jeito natural de ser. Além do mais, nos braços de Carminha vinha sempre, bem aconchegado, o Julinho, a cujo encanto não se podia resistir.

"Às vezes acontecia de eu estar na casa do Lúcio, logo após o almoço, ou no horário da novela, quando ela batia à porta para visitar Dona Aurora. E foi assim que pude conhecê-la melhor. Eu tinha apenas quatorze anos e o que me atraía em Carminha era sua exuberância física, que contrastava com as curvas ainda incipientes das menininhas da minha idade, pois naquela época as jovens não se desenvolviam com a precocidade de hoje. Mas, ao mesmo tempo, eu tinha a impressão de que se tratava de uma adolescente mal acomodada num corpo de mulher. Como se, longe do olhar curioso dos vizinhos, não precisando posar de esposa recatada, emergisse, de dentro dela, a garotinha que a vida obrigara a amadurecer prematuramente. Tinha vezes em que achava graça em coisas tão bobas, com um riso frouxo de criança que, juro, fazia com que eu, nos meus quatorze anos mal vividos, me sentisse mais velho do que ela. Seu desconhecimento do que se passava no mundo era total. Como se houvesse ficado anos a fio enclausurada, sem ouvir rádio ou ler jornal. Creio que seu universo fora sempre delimitado por quatro paredes: primeiro, na casa da família, em Limeira Paulista, depois no bordel e, finalmente, no conjunto onde morávamos, de onde só saía do apartamento para atravessar o corredor que a levava à casa de Dona Aurora.

"E foi então, quando a reputação de mãe dedicada de Carminha estava a ponto de se consolidar, que o rumor começou a se espalhar entre a rapaziada mais velha do prédio. O Silas estava comendo a Carminha! Enquanto a babá, no meio da tarde, levava as crianças para brincar na pracinha, o Silas se esgueirava furtivamente para dentro do apartamento de Carminha.

"A notícia chegou-me aos poucos, numa ou noutra frase maldosa colhida na escuta da roda de conversa dos rapazes beirando os dezoito anos, que era a faixa de idade em que o Silas se situava. Confesso que, de início, não acreditei. Pra começar, o Silas era um mitômano, e não havia por que lhe dar crédito assim, sem mais nem menos. Além disso, era difícil de acreditar que aquela menina em busca da inocência perdida, que eu conhecera na casa de Dona Aurora, fosse capaz de tanta dissimulação. E, depois, por que o Silas? Logo ele, talvez o mais feio de todos, rosto redondo, óculos espessos, olheiras profundas, ar macambúzio, portador do merecido apelido de Mocho?

"Mas, lentamente, os detalhes foram aparecendo. A paquera já durava há meses. O apartamento de Silas, no segundo bloco, dava de frente para o de Carminha, ambos no mesmo andar. Durante o dia, enquanto o Azevedo trabalhava, o Silas pendurava-se na janela, qual Capitão Ahab, arpão em riste, à espera da visão da baleia-branca. A Carminha, graças à ajuda da babá, não tinha muito que fazer em casa. Vez por outra, ia à janela espairecer a vista, ver o que acontecia na área interna do conjunto, a garotada jogando futebol, as meninas brincando de queimado, os pequeninos correndo de um lado para o outro, a algazarra quebrando a monotonia do seu cotidiano. E lá estava, invariavelmente, o Silas com o olhar assestado na direção de Carminha.

"No começo ela nem imaginou que Silas pudesse estar particularmente interessado nela. Talvez fosse apenas um adolescente preguiçoso, estudante relapso, que precisava ir à janela a cada cinco minutos tomar um pouco de ar para enfrentar mais duas páginas de um livro. Ou, quem sabe, um franco-atirador. Havia muitos apartamentos que podiam ser observados da janela do dom-juan, e Carminha não tinha como detectar a preferência de Silas por ela. Na base do arrastão, ele provavelmente contava pescar algum peixe na vizinhança. Mas, com o tempo, não restou espaço para a dúvida. Silas fora capaz de detectar, com precisão, o que lhe parecia essencial na rotina diária de Carminha: o momento matinal em que ela vestia o maiô para levar as crianças para o banho de mar; a hora da ducha, na volta da praia, quando entrava no quarto enrolada na toalha, para trocar de roupa; e o instante noturno em que botava o *babydoll* para dormir. Nessas ocasiões, Carminha tinha certeza de que ele a espreitava, à espera de que, por descuido, esquecendo-se de fechar a cortina, ela pudesse lhe oferecer a visão que tanto cobiçava. Vez por outra, como se fosse preciso certificar-se da presença de Silas, Carminha lançava um rápido olhar em direção à janela do vizinho. No início, quando isto acontecia, Silas recuava um passo para dentro do quarto, esgueirava-se atrás da cortina ou abaixava-se, fingindo procurar algo perto da janela. Com o tempo, no entanto, foi se tornando mais desinibido: mantinha os braços apoiados no peitoril, os olhos fixos em Carminha, mostrando claramente suas intenções.

"A acreditar-se no relato do Silas, pouco a pouco Carminha começou a motivar-se sexualmente com aquele assédio visual. Às vezes, afetando displicência, deixava uma pequena brecha aberta na cortina do quarto para que o jovem fosse recompensado, ainda que insuficientemente, pela sua persistência. Para extrair daquela fresta todas as possibilidades que a ótica moderna oferecia, Silas chegou a tomar emprestado de um colega da escola um potente binóculo. Carminha logo detectou o uso desse novo expediente, embora Silas, para não chamar a atenção do resto da vizinhança, se escondesse atrás de uma mesa no fundo do quarto sempre que utilizava seu instrumento de observação. E passou a saborear aquela maior proximidade com o estranho que a desejava tão ardentemente. Quando tinha que se despir, detinha-se no ponto exato em que o ângulo de observação de Silas penetrava pela pequena brecha da cortina e iniciava lentamente o ritual de tirar a roupa. Primeiro a blusa, depois a saia. E aí, só de sutiã e calcinhas, desaparecia na zona protegida do quarto para reaparecer, em seguida, já de maiô ou de *babydoll*. E então, ficava ali, na área focal, movendo o corpo sensualmente, fingindo examinar-se no espelho em frente, sabendo-se observada pelo admirador já não tão distante.

"A partir daí, cresceu uma forte cumplicidade entre os dois e a rotina diária de ambos passou a ser uma espécie de coreografia com tempo e espaço marcados minuciosamente. O Silas, boquirroto compulsivo, conseguiu manter intacto aquele segredo partilhado com Carminha, sabendo que qualquer indiscrição arruinaria as suas chances.

"Não tenho idéia do que possa ter passado na cabeça de Carminha. A descoberta de que era objeto de tamanha fixação deve ter mexido de alguma forma com seus sentimentos. Por que terá cedido? Simples atração sexual, estimulada pela insatisfação acumulada no contato físico com o marido repulsivo? Teria ficado lisonjeada pelo fato de ser alvo de tanta obsessão, ela que saíra dos encontros de alta rotatividade do prostíbulo direto para a cama conjugal do Azevedo? Ou seria ainda reflexo condicionado do tempo em que vivia de vender o corpo e não podia negar-se ao desejo manifesto de um macho? O certo é que o jogo mútuo de excitação tinha ido longe demais para ser revertido e, um dia, o inevitável aconteceu. Na época não fiquei sabendo como Silas tinha finalmente conseguido vencer a distância, agora apenas física, que o separava de Carminha, para ser recebido furtivamente em seu apartamento nas horas apropriadas. Mas o fato é que todos deram crédito ao relato do Silas, recheado como estava de suspense e detalhes picantes.

"O que tudo isso tem a ver comigo?, perguntarão vocês. Bom, é que só mais tarde, bem mais tarde, comecei a dar valor a um incidente que acontecera uns vinte dias antes de eu saber que o Silas andava comendo a Carminha. Eu já disse que era o ano da Copa do Mundo, 1958. A seleção da França andava arrasando. Só ganhava de goleada. Era a equipe favorita dos comentaristas esportivos. Um timaço: Kopa, Fontaine, Vincent, Piantoni, Jonquet. E o Brasil, coitado, tinha chegado às semifinais se arrastando, com um gol suado do Pelé contra o País de Gales. E aconteceu o que se temia. Para chegar à final, o Brasil teria que passar pela França. Fui ouvir o jogo na casa do Lúcio. Creio que naquela altura já havia televisão no Brasil mas ainda não se podia transmitir ao vivo do exterior. De ouvido colado no rádio, eu, o Lúcio e a Carminha acompanhávamos cada lance da partida pela voz do Oduvaldo Cozzi. Hoje a gente sabe que o Brasil deu um banho: o Vavá quebrou a perna do Jonquet logo no começo do jogo e a seleção canarinho meteu 5 a 2 nos franceses. Mas àquela altura a tensão era enorme. O ano de 1950 não estava tão distante assim e o Brasil ainda não tinha sido campeão do mundo uma vezinha sequer. Quando acabou o primeiro tempo, tínhamos o coração na boca. Eu precisava relaxar um pouco.

"— Vou lá embaixo comprar um eskibon — falei.

"— Traz um pra mim também — pediu o Lúcio —, enquanto eu aproveito o intervalo pra ir ao banheiro.

"Desci até a padaria, comprei os dois eskibons e voltei comendo o meu sorvete, carregando o do Lúcio na outra mão. Quando cheguei ao andar da Dona Aurora e abri a porta do elevador, deparei-me com a Carminha. Ela estava ali, postada no corredor, como se estivesse à minha espera.

"— Você não quer tomar um cafezinho lá em casa?

"Devo ter ficado abobalhado com o convite inesperado. De imediato, não consegui dizer sim ou não. Eu tinha apenas quatorze anos. Cafezinho era, e penso que ainda é, um hábito de adulto. Se ela tivesse me convidado para beber um guaraná talvez minha reação fosse outra. Mas... cafezinho? O convite parecia sem sentido.

"— Mas, e o sorvete do Lúcio? — perguntei. — Vai derreter.

"— Não faz mal. A gente coloca na geladeira. Ou depois compra outro.

"— Não, obrigado — consegui balbuciar.

"— Não seja bobo. Não tem ninguém lá em casa. Meu marido está viajando e a empregada saiu com as crianças.

"Eu não conseguia atinar com o motivo de tanta insistência. Pensei nas emoções do segundo tempo de Brasil e França. E foi talvez menos por medo ou timidez do que por absoluta incapacidade de entender o que estava acontecendo que ouvi minha própria voz dizendo:

"— Não, obrigado, eu não tomo café. E também não quero perder o jogo.

"Enquanto eu me dirigia ao apartamento do Lúcio, para que o sorvete não derretesse em minha mão, pude vê-la voltar-se para mim, entre perplexa e envergonhada, e ouvi-a resmungar:

"— Tá bem. Você é quem sabe.

"Voltei a encontrar a Carminha mais uma dúzia de vezes na casa do Lúcio. Mas não era mais a mesma pessoa. Parecia ter recuperado o recato e o distanciamento iniciais. Já não ria tão facilmente, nem da forma solta que me surpreendera quando a conheci mais de perto na casa de Dona Aurora. Havia um toque de tristeza em seu semblante. No prédio, a história do Silas tinha se espalhado. A antipatia natural das senhoras, amainada pela chegada do Julinho, novamente se desencadeava contra ela. As mães preocupavam-se com os filhos adolescentes: 'Era só o que faltava, serem eles pervertidos por aquela depravada.' Não deu seis meses e o Azevedo e a família se mudaram do nosso edifício. O disse-que-disse tinha provavelmente chegado a seus ouvidos.

"Um ano depois minha família também trocou de apartamento e perdi contato com os amigos que fizera no prédio. Ocasionalmente, encontrava um ou outro na rua. Conversávamos rapidamente, trocávamos promessas de telefonar, marcar encontros com o resto do pessoal... mas nada acontecia. Nessas ocasiões, havia, às vezes, uma breve referência ao Silas — 'ah!, o sortudo que comera a Carminha —, que fim levara, o que estava fazendo?' Mas nunca tive maiores detalhes do caso.

"Um belo dia, uns dez anos mais tarde, entro no Garden, ali no Jardim de Alá, para comprar cigarros, e vejo alguém que me pareceu o Silas sentado sozinho em uma das mesas. Era ele, apenas um pouco mais gordo e com o esboço de duas entradas na cabeça. Mal cheguei, ele acenou. Devia estar no quinto chope. Chorou-me as mágoas. A mulher o abandonara, queixando-se da sua infidelidade. Ele queria salvar o casamento e prometia entrar na linha dali por diante.

"Para reanimá-lo, procurei mudar de assunto. Puxei conversa sobre o passado, a nossa juventude, a galera do prédio, os apelidos da turma, as passagens mais divertidas. Aos poucos, ele foi se entusiasmando. Depois do meu quarto chope, arrisquei, imaginando que o tema serviria para levantar definitivamente o moral do Silas:

"— E a Carminha, Silas, como é que foi mesmo que aconteceu?

"Seus olhos brilharam. Não havia dúvida de que era seu principal troféu de caça. Certamente já havia sido solicitado a contar aquela história várias vezes, sempre com renovado prazer. Começou do início. Relatou com detalhes a paquera na janela, o estudo dos hábitos da vizinha, o cuidado com os horários do marido, as precauções para não despertar a atenção da vizinhança. Nada que eu já não soubesse. Mas, mesmo assim, era bom vê-lo contar, com deleite, o detalhe de suas artimanhas.

"— Foi um trabalho de ourives — sentenciou. Encheu o peito. — Um verdadeiro trabalho de ourives. Hoje em dia, não sei se teria a mesma paciência. Porém, o mais surpreendente é que estou convencido de que o desfecho só ocorreu por um golpe de sorte.

"— Como assim?

"— Você se lembra que era o ano da Copa, não se lembra?

"Fiz que sim com a cabeça.

"— Pois acho que eu e a Carminha teríamos ficado naquela paquera indefinidamente se não fosse pelo convite que o Lúcio me fez.

"— Convite? Que convite?

"— Você recorda que a Carminha praticamente não saía de casa. Pelo menos não sem o marido ou as crianças. Tudo que ela fazia era atravessar o corredor para visitar a Dona

Aurora. Como é que eu ia fazer para encontrá-la? Eu jamais teria coragem, naquele tempo, de telefonar para marcar um encontro. Foi aí que o Lúcio me convidou para ouvir a final da Copa do Mundo na casa dele: Brasil e Suécia, tá lembrado? Pois bem, quando eu entrei no saguão do bloco do Lúcio, quem é que estava lá, esperando o elevador? A Carminha. Sobraçando a bisnaga que tinha ido comprar na padaria. Nós não dissemos uma palavra. Entramos juntos no elevador. Só nós dois. Eu, sem saber como tomar a iniciativa, apenas olhava para ela fixamente. Quando chegamos ao andar em que ambos íamos descer, Carminha virou-se para mim e perguntou: 'Você não quer tomar um cafezinho lá em casa?' Eu fiquei mudo. De início, não entendi o significado daquele convite aparentemente inofensivo. Ela, adivinhando meus temores, apressou-se em completar: 'Meu marido está viajando, não tem ninguém lá em casa.' Agora me diz uma coisa. Que é que você faria no meu lugar? Não dava pra dizer não àquele mulherão! E foi assim, cara, na base da sorte. É claro que houve todo o trabalho anterior. Mas o desfecho... o desfecho foi pura sorte. E, enquanto vocês comemoravam a Copa do Mundo, eu trepava com a Carminha.

"Confesso que não tive coragem de contar para o Silas que eu também tinha sido convidado a provar o cafezinho de Carminha. Ia estragar o seu sentimento de triunfo. Pra quê? Mas, desde então, às vezes me indago o que teria acontecido se eu tivesse aceitado o convite de Carminha. Assim como me pergunto por que recusei. Terá sido apenas a ingenuidade, que me impediu de entender o verdadeiro sentido da proposta? Será que, juntos, o receio, a dúvida e a timidez foram mais fortes que a atração que Carminha exercia sobre um adolescente como eu? Prefiro pensar, embora sem muita certeza de que seja esta a explicação verdadeira, que, no fundo, o que me paralisou foi um sentimento de simpatia pela moça. Pela sua situação de rejeitada, de marginalizada do convívio das senhoras de bem do prédio. O desprezo das vizinhas por ela me indignava e, no íntimo, eu gostaria que ela pudesse provar que era tão 'boa' quanto as outras. Tão capaz de ser mãe e esposa quanto qualquer mulher. E, por isso, quem sabe, eu não tenha querido contribuir para manchar a sua imagem no prédio. De qualquer forma, Carminha foi uma das mais importantes experiências amorosas que já tive; e me traz vivas e fortes recordações, mesmo sem ter, por assim dizer, propriamente existido.

"Bem, não sei se convenci vocês da minha tese — concluiu o primeiro amigo. E, virando-se para o segundo. — Mas, pelo menos, contei a história que você me pediu.

E, ao dizer isto, lançou mais uma vez o olhar para a praia repleta de lindas jovens na flor da idade. E naquele instante, como muitas vezes antes, teve certeza de que nenhuma daquelas moças cheias de viço e beleza jamais teria a envolvê-la a aura de encanto e magia, feita do sabor incerto do passado, que fixara, em sua memória de adolescente, a imagem de uma mulher ao mesmo tempo tão próxima e tão inatingível. Irremediavelmente inatingível.

À Cata de Novos Filiados

O professor Salomon Haberger suava em bicas em plena primavera carioca. Era final de novembro e faltavam ainda várias semanas para o começo do verão. Mesmo assim, o calor intenso obrigava o professor a tirar o lenço do bolso a cada cinco minutos e a esfregá-lo pela testa e o pescoço, procurando enxugar o suor que cobria o seu rosto. Nesses momentos, parava de falar por alguns segundos e respirava fundo, tentando recuperar o fôlego. Levantava, então, de esguelha, os olhos como para certificar-se de que os ventiladores de teto ainda funcionavam, apesar do enorme calor que sentia. Feito isso, assumia um ar vagamente resignado e retomava sua explanação.

No auditório amplo da Universidade Federal do Rio de Janeiro, uma centena de pessoas tinha se reunido para ouvir a palestra daquele famoso cientista, engenheiro agrônomo de formação, que nos anos 60 trabalhara com Norman Borlaug, Prêmio Nobel da Paz, no que os especialistas chamavam de "revolução verde": a geração e a difusão de novas variedades de plantas alimentícias mais produtivas, que haviam permitido matar a fome de milhões de seres humanos em países do Terceiro Mundo.

O professor Haberger, beirando os 74 anos, tinha a aparência típica do acadêmico de vida sedentária cujo único exercício físico consistia em caminhar, duas ou três vezes por dia, de seu pequeno escritório, na Faculdade de Ciências Agronômicas da Universidade de Cornell, até o refeitório, a sala de estar dos professores ou a biblioteca, a fim de atender às suas necessidades físicas ou intelectuais mais prementes. A barriga proeminente, mal contida pelo cinto, o rosto redondo e avermelhado de bebê, o olhar infantil, os gestos e a fala suaves, tudo indicava que o professor Haberger, como a maioria dos seus pares, tinha sido poupado, ao longo de sua existência, dos riscos e imprevistos reservados pela vida ao comum dos mortais. A redoma universitária o protegera dos embates do cotidiano, e as únicas marcas que seu rosto registrava eram aquelas deixadas pelo passar do tempo ou as que ele mesmo se infligira, como os cabelos embranquecidos e alguns depósitos localizados de gordura. Ali estava um homem a quem a universidade dera os meios para se concentrar em seus objetivos científicos e esquecer o resto do mundo. E embora não se devesse desdenhar a persistência e a dedicação que lhe haviam permitido conquistar notoriedade no meio acadêmico, o certo é que o professor Haberger sempre se movera num ambiente cujas regras conhecia de antemão.

Ele agora terminava a sua palestra, feita num espanhol

carregado de sotaque: "Desde tempos imemoriais o homem tem sido capaz de alterar as características básicas de certas plantas para fazer com que produzam mais, adaptando-se a variações de clima, ou respondendo de forma mais intensa às suas técnicas de cultivo. A palavra-chave deste processo é adaptabilidade. A interação do homem com o meio ambiente é que estimula, ao mesmo tempo, duas formas distintas de adaptabilidade: a da inteligência humana, diante dos novos desafios que lhe são constantemente apresentados; e a do mundo físico, em face das exigências que lhe são impostas pelo homem. Não tenho dúvidas quanto à flexibilidade da inteligência humana para adaptar-se a situações novas. O raciocínio abstrato, a capacidade dedutiva, a agilidade mental, a intuição, enfim, tudo o que compõe a inteligência do homem pode ser aplicado tanto a atividades destituídas de finalidade imediata quanto à solução de problemas cruciais para a humanidade. Qualquer problema para o qual existe uma solução lógica pode, pelo menos em tese, ser resolvido pelo homem, desde que ele disponha dos meios materiais e do tempo necessário para tanto. Já a natureza tem suas próprias leis. A 'revolução verde' só se tornou possível porque fomos capazes de desenvolver variedades de plantas cuja produtividade aumenta substancialmente com o uso de fertilizantes e de água. Mas será que essa capacidade de adaptação das plantas é ilimitada? Não haverá barreiras físicas intransponíveis ao aumento da produtividade no cultivo de plantas ou na criação de animais? Será que a inteligência do homem poderá estender infinitamente os limites da natureza? Ser capaz de torná-la tão maleável quanto desejar ou for necessário à sobrevivência da humanidade ou a seu anseio de prosperidade?"

Terminada a palestra, o professor Haberger foi convidado a almoçar num restaurante próximo à universidade. Ao seu redor sentaram-se uma dezena de pessoas, professores e pesquisadores que lhe eram mais próximos ou tinham especial interesse por seu trabalho. Embora o grupo fosse numeroso, todos se voltavam, naturalmente, para o centro da mesa, onde estava o professor. Uma jovem pesquisadora da Faculdade de Biologia da Universidade Federal Fluminense resolveu espicaçá-lo.

— O senhor, professor Haberger, parece ter uma fé inabalável nas possibilidades da inteligência humana. Mas será que ela, sendo apenas mais uma manifestação da natureza, embora na sua forma mais elaborada e complexa, não estará igualmente sujeita a limitações? Não sofrerá o enrijecimento, a esclerose, decorrente de seu uso rotineiro ou permanentemente orientado para determinado propósito? Assim como uma planta, adaptada, anos a fio, a certas condições de clima e solo?

O professor Haberger suspendeu levemente o queixo e semicerrou as pálpebras, como era seu costume sempre que o surpreendiam com uma indagação inesperada. Depois de uma pausa, disse:

— Não é propriamente uma crença. Penso assim porque já tive que pôr à prova a capacidade de adaptação de minha inteligência a circunstâncias inusitadas. — E o professor Haberger esboçou um leve sorriso enigmático.

— Mas ainda assim — insistiu a jovem —, o senhor, certamente, teve que aplicar sua inteligência a questões do domínio da ciência, cujas leis lhe são familiares. Pode-se treinar a inteligência humana para resolver determinados tipos de problemas. Mas será que um dia a natureza não nos colocará uma questão totalmente nova e diferente, diante da qual nossos padrões lógicos serão impotentes?

— Você pensa assim porque acredita que a lógica é tudo — rebateu o professor. — Mas a lógica é apenas uma parte ínfima da inteligência humana. Aquela à qual recorremos com menos freqüência. Fora dos nossos laboratórios e campos experimentais, o raciocínio dedutivo é muito pouco utilizado na nossa rotina diária. Além disso, na natureza não há nada mais complexo do que o próprio homem. Viver em sociedade é o maior de todos os desafios à nossa inteligência. Todos os dias ela é obrigada a se adaptar a situações novas, mas só nos damos conta quando este fenômeno ocorre em circunstâncias críticas. Acredite-me, sei do que estou falando.

E o professor Haberger, enquanto esperava a moqueca à baiana que havia encomendado ao garçom, contou a seguinte história a seus ouvintes atentos:

— Isto ocorreu em 1952. Naquela época, graças a um convênio de cooperação técnica entre os governos da Colômbia e dos Estados Unidos, jovens professores norte-americanos eram convidados a trabalhar em projetos de desenvolvimento econômico e social ou a lecionar em universidades daquele país. Eu tinha apenas trinta anos e era um professor novato da Faculdade de Ciências Agronômicas da Universidade de Cornell, especializado em genética, ávido por conhecer o mundo e com uma visão romântica de outros povos. Quando me informaram que a Universidade de Cali necessitava da colaboração de um pesquisador com as minhas características acadêmicas, e consultaram-me a respeito do meu desejo de ir lecionar na Colômbia, prontamente aceitei a oferta. Eu ainda era solteiro e seria, para mim, a oportunidade de fazer uma primeira viagem à América do Sul. Fiz um curso de espanhol às pressas em Cornell e uns quatro meses depois já estava em Cali dando aulas numa mescla de inglês e castelhano.

"Fui muito bem recebido pelos dirigentes da universidade e pelos colegas do Departamento de Botânica da Faculdade de Agronomia. Eles conheciam meu trabalho acadêmico e sabiam que eu vinha de um centro de pesquisas formado por alguns dos maiores especialistas do mundo no campo das ciências agronômicas. De modo que faziam o possível para que eu me sentisse à vontade. Os convites para almoços, jantares e festas eram constantes. Mas o restante do pessoal da universidade — estudantes, professores de outros departamentos e funcionários — desconfiava da presença daquele 'gringo' jovem, sem família, no interior do país no exato momento em que a Colômbia vivia uma fase política conturbada.

"Em 1948, o líder da ala esquerda do Partido Liberal, Jorge Gaitán, fora assassinado no centro de Bogotá, dando origem a uma sucessão de revoltas populares que se espalharam por todo o país e que ficaram conhecidas pelo nome de 'Bogotazo'. A partir daí, havia se desencadeado uma violência política que parecia não ter mais fim, opondo liberais e conservadores. Para vocês terem uma idéia, estima-se que, entre 1948 e 1962, cerca de duzentas mil pessoas perderam a vida como resultado dos conflitos sangrentos que opuseram adversários políticos em todo o país. Naquele ano de 1952, nós vivíamos precisamente a fase mais cruel dessa espécie de guerra civil larvar que vitimou a Colômbia por quase duas décadas. Dois anos antes, Laureano Gomes havia assumido o poder, decidido a eliminar os liberais. E eliminar, neste caso, significava destruí-los fisicamente, e não, como seria de se desejar numa democracia, apenas derrotá-los nas urnas. Sua intenção era criar um Estado fascista. Naquela época ainda havia, em alguns recantos do planeta, a ilusão de que o fascismo poderia sobreviver como ideologia e sistema de governo. E não só na América do Sul, vejam bem! Também na Península Ibérica — Espanha e Portugal — o fascismo experimentava uma sobrevida.

"Meus anfitriões faziam o possível para poupar-me os detalhes do embate fratricida que dividia os colombianos em facções irreconciliáveis. Mas, mesmo assim, de vez em quando chegava ao meu conhecimento o relato de algum ato de crueldade praticado por um dos dois lados em combate. Nunca me interessei por questões políticas. Para mim, a política é o refúgio dos espíritos menores. Uma espécie de refugo das inteligências. Aquele que não tem inteligência para mais nada busca abrigo na política. E, a meu favor, havia o fato de que a Universidade de Cali era como um território neutro em meio àquela discórdia sangrenta. Cercada por facções antagônicas, ela emitia sinais, como o farol de Alexandria, para dizer que, acima das querelas humanas, se elevava um valor mais alto e permanente: o do saber humano.

"Foi por isto que pude passar meus primeiros seis meses absolutamente tranqüilos na Colômbia, apesar da enorme conflagração que abalava o país. Esta aparente calmaria deve ter me estimulado a tentar vôos mais altos. Eu sabia que o Vale do Cauca possuía os melhores solos para a agricultura em toda a Colômbia. Além disso, eu estava interessado em pesquisar algumas variedades de cana-de-açúcar que só se encontravam naquela região. Assim, resolvi propor a meu assistente, um jovem botânico colombiano chamado Arcadio Gomez, uma visita à cidade de El Trapiche, em pleno Vale do Cauca, perto do litoral do Pacífico, a cerca de 350 quilômetros de Cali.

"Combinamos que nossa excursão se daria na manhã do sábado seguinte, o que nos permitiria passar uma noite em El Trapiche, percorrer as redondezas no domingo e voltar no mesmo dia, a tempo de dormir em Cali e retomar nossas atividades acadêmicas na segunda-feira. Nosso carro era um Studebaker de segunda mão que eu havia comprado de um funcionário da embaixada americana, em Bogotá, por um preço convidativo. Na companhia de Arcadio eu me atrevia a aventurar-me pelas estradas colombianas, tidas como perigosas mais por conta da falta de sinalização e da má conservação do que em razão da conflagração que dividia o país.

"Quando acordei, no sábado de manhã, verifiquei que o tempo estava chuvoso, o que me agradou, pois o calor na Colômbia pode se tornar insuportável em certas épocas do ano. Viajar numa temperatura mais fresca seria agradável. Tínhamos planejado a viagem de tal forma que chegaríamos a El Trapiche no começo da tarde, a tempo ainda de comer alguma coisa antes de deixarmos nossa pouca bagagem na pensão familiar onde havíamos reservado dois quartos para passar a noite.

"Aí pelas nove horas da manhã já estávamos com 'o pé na estrada'. Arcadio era o típico colombiano do litoral, de temperamento exuberante e comunicativo. Não parava de falar. E sua voz competia com o som do rádio, que ele colocara bem alto sem sequer me consultar, ligado numa estação que parecia só transmitir música caribenha. A seu lado, tentando prestar atenção na estrada, com o canto do olho eu o via mexer o corpo no ritmo da música, ao mesmo tempo em que assinalava a presença ocasional, nas terras por onde passávamos, de alguma lavoura, árvore ou planta digna de nota.

"Quem nunca dirigiu numa estrada colombiana não tem idéia das emoções que uma viagem de automóvel pode proporcionar. Na Colômbia, as pessoas, em geral, cometem as maiores loucuras ao volante, mas os motoristas de ônibus merecem, nesta matéria, um destaque especial. Naquela época, e creio que até hoje ainda é assim, não havia empresas de transporte rodoviário no país. Os ônibus e caminhões eram propriedade particular; na maioria das vezes dirigidos por seus próprios donos que, literalmente, 'corriam atrás do lucro'. O resultado é que se podia cruzar na estrada com todo tipo de veículo transportando carga ou passageiros. É verdade que isto contribuía para reduzir a monotonia da paisagem rodoviária, já que cada ônibus era decorado ao gosto de seu dono, representando os mais variados motivos. Uns traziam verdadeiras histórias pintadas em sua carroceria, narradas através de cenas apresentadas em seqüência ao longo da lataria. Outros faziam a evocação de santos protetores ou santas padroeiras. Cheguei mesmo a ver alguns que registravam cenas familiares: o proprietário do veículo, com sua mulher e filhos, em trajes de domingo, ou acontecimentos importantes de sua vida pessoal, como a cerimônia de seu casamento, por exemplo. O inconveniente é que cada proprietário operava seu caminhão ou ônibus da maneira mais econômica possível. Ou seja, deixava-o degradar-se até o ponto em que, a seus olhos, o risco para si mesmo — dublê de proprietário e motorista — começava a ser maior do que para os outros.

"O fato é que depois de uns quarenta minutos de viagem, e tendo cruzado com meia dúzia desses ônibus ou caminhões, achei que o mais prudente seria oferecer o volante a Arcadio, conhecedor dos hábitos rodoviários do país. A decisão mostrou-se desde o início temerária. Meu assistente assumiu a direção da mesma forma desenvolta com que fazia tudo na vida. E continuou a balançar o corpo ao som da música caribenha e a falar pelos cotovelos, gesticulando, vez por outra, para fora da janela, a fim de chamar minha atenção para alguma planta típica da região. Mas seria indelicado pedir-lhe o volante de volta, sobretudo porque, entre uma e outra curva feita no limite da aderência dos pneus, Arcadio pontificava contra o comportamento irresponsável de seus compatriotas ao dirigir nas estradas. Só me restava esperar, estoicamente, que a viagem chegasse o mais rapidamente ao fim.

"A maior parte da nossa jornada seria feita em estradas planas e pouco sinuosas. Mas havia um trecho, já perto de El Trapiche, particularmente tortuoso e pontilhado de pequenos vilarejos. Foi aí que Arcadio, ao sair de uma curva em que acabara de tangenciar, mais uma vez, um bólido multicolorido, deparou-se com um pedestre que, a cerca de vinte metros, surgia por trás do ônibus, atravessando a estrada meio cambaleante. Era evidente que o homem havia aproveitado a manhã de sábado para confraternizar com os amigos num bar qualquer do povoado que nós estávamos a ponto de cruzar. Arcadio teve apenas tempo de buzinar, alertando o incauto da tragédia que o ameaçava. Mas o homem, em vez de correr para a beira da estrada, virou-se para o carro, como se alguém o tivesse chamado, e olhou para aquela massa de ferro que se aproximava velozmente com um ar de perplexidade. A passagem de carros por aquele vilarejo devia ser um fato raro, sobretudo aos sábados. É a única explicação que encontro para a expressão de espanto que vi nos olhos de Tulio Hernandez — como soube, mais tarde, que se chamava — pouco antes que seu corpo fosse projetado para o espaço e se estatelasse no asfalto, quase à beira da estrada.

"Arcadio estacionou o Studebaker na faixa lateral de terra que fazia as vezes de acostamento, a cerca de quinze metros do corpo do infeliz. Descemos do carro para socorrer o homem. Como eu havia feito um curso de primeiros socorros na Universidade de Cornell, corri até o atropelado na esperança de poder ajudá-lo de alguma forma. Mas logo que me debrucei sobre o corpo verifiquei que não havia mais nada a fazer. Sua jugular parara de pulsar. O atropelamento ocorrera bem no início de um pequeno povoado com umas quinhentas casas concentradas em torno da estrada. E ao nosso redor juntavam-se os primeiros curiosos. 'É o Hernandez', ouvi alguém dizer, seguido pelo comentário de uma voz feminina: 'Pobre Mercedez, tão jovem e já viúva.'

"Não demorou a chegar a primeira autoridade local. Apresentou-se com ar solene: 'Comissário Lopez, 'encarregado' de polícia de Jalumi.' Arcadio, como era de se esperar, assumiu o controle da situação. Eu o via falar e gesticular sem parar. A excitação acentuara ainda mais seu forte sotaque *costeño*, e eu mal compreendia o que ele dizia ao encarregado. Percebia, apenas, que as pessoas em volta dedicavam a mim uma atenção crescente. Vez por outra sobressaía a expressão *missión norte-americana*, ao que Lopez contrapunha, com igual freqüência, a palavra *gringo*. Num determinado momento vi os dois se afastarem da pequena multidão para discutirem, longe de ouvidos curiosos, o que começava a parecer um delicado caso diplomático. Aparentemente satisfeito com os primeiros resultados de suas conversações, Arcadio, após um tempo, puxou-me pelo braço e sussurrou-me ao ouvido: 'Não se preocupe. Tudo vai acabar bem. Para facilitar as coisas, eu disse que você é que dirigia. E como eles têm um temor reverencial pelos norte-americanos, cumpriremos apenas algumas formalidades e seremos logo liberados.'

"Mas, para mim, era cada vez mais óbvio que o comissário Lopez vivia, aos olhos da pequena população local, seu grande momento de glória e que se empenharia para fazê-lo durar o mais que pudesse. Convocou-nos, já agora assessorado por dois guardas fardados, a acompanhá-lo até o principal estabelecimento comercial da localidade, um misto de bar, restaurante e hospedagem, onde, juntando duas mesas e meia dúzia de cadeiras, criou as condições que julgava propícias à apuração dos fatos. Os curiosos nos haviam seguido e, sem perder qualquer detalhe da cena, mantinham-se respeitosamente a distância. O 'encarregado' fez-me, de forma pausada e, a meu ver, exageradamente audível, algumas perguntas com o intuito evidente de confirmar as informações que Arcadio lhe dera sobre mim. Depois, indagou pela existência de testemunhas. Para minha surpresa, já que a estrada parecera-me deserta no momento do acidente, um homenzinho atendeu ao chamado do comissário. Destacando-se do restante do grupo, ele passou a relatar, com riqueza de detalhes e gestos, o atropelamento, tal como ele o vira. Era impossível querer testemunho mais preciso. Com o braço direito levantado até a altura do ombro, o cotovelo dobrado e os dedos da mão fechados imitando uma espécie de dardo, ele procurava reproduzir a trajetória do velho Studebaker que eu comprara do adido cultural da embaixada. Na sua pantomima, os dedos indicador e médio da mão esquerda representavam o infortunado Hernandez em sua travessia fatídica. De repente, o homenzinho soltou o braço direito, como se ele tivesse sido liberado por uma catapulta, atingindo com força os dois dedos da mão esquerda. Eu mesmo pude sentir a consternação que dominou o ambiente. Não que aquele fosse o primeiro atropelamento presenciado pelo povoado. Mas, para aquela gente, parecia inusitado, até mesmo indigno, que o infortúnio, desta feita, tivesse chegado pelas mãos de um estrangeiro. Intrigou-me, contudo, na gesticulação da testemunha, a ausência de qualquer referência ao estado de embriaguez do acidentado.

"Sabendo, porém, que as autoridades colombianas procuravam evitar aborrecimentos com os representantes diplomáticos do governo norte-americano, eu, apesar de levemente inquieto, continuava a confiar no julgamento de Arcadio. Era razoável supor que a intervenção de um de meus conhecidos da embaixada, em Bogotá, bastaria para resolver a situação e evitar-me maiores transtornos. O mesmo não aconteceria caso revelássemos ser Arcadio o motorista no momento do acidente. Naqueles tempos de turbulência interna, as leis eram interpretadas segundo as conveniências dos tiranetes locais, quando se tratava de aplicá-las aos nativos. Por tudo isso, deixei que Arcadio se comunicasse livremente com o 'encarregado', receoso de exacerbar, com minha participação ostensiva, a desconfiança ancestral que os latino-americanos nutrem pelos cidadãos dos Estados Unidos.

"Depois de um certo tempo, e não sem antes convocar Arcadio para nova confabulação a dois, o 'encarregado' anunciou-me, de forma propositadamente pausada, como a precaver-se contra qualquer reclamação posterior de minha parte quanto à inteligibilidade de seu castelhano, que precisaria conduzir-me a El Trapiche, onde teria à sua disposição os meios administrativos necessários para lidar com ocorrência de tamanha importância. A idéia pareceu-me excelente, visto que era exatamente para lá que nós nos dirigíamos antes do acidente, e transferir a competência para lidar com o assunto para as autoridades daquela cidade nos permitiria concluir nossa viagem, embora de maneira bem diversa da inicialmente prevista. Tudo indicava que o 'encarregado' não sabia como tratar com estrangeiros 'infratores' e necessitava consultar funcionários de nível hierárquico superior comissionados em El Trapiche. E eu, por minha vez, ansiava por encontrar alguém com poder suficiente para isentar-me da culpa pelo acontecido. Além disso, o deslocamento da ação para El Trapiche parecia tratar-se de um hábil estratagema do 'encarregado', que, ao tempo em que parecia atender à indignação da população local, me colocava distante da sua ira e da sua capacidade de pressionar os responsáveis pelo inquérito. Já era, possivelmente, o primeiro resultado das confabulações de Arcadio.

"E lá fomos nós, eu, Arcadio, o 'encarregado' e um de

seus dois guardas a bordo do velho Studebaker e, logo atrás, pilotando um jipe capenga que fazia as vezes de viatura oficial, a outra metade da força policial de Jalumi, todos em direção a El Trapiche, onde, segundo minhas justificadas expectativas, tudo se resolveria a contento antes do anoitecer.

"Chegamos a El Trapiche aí pelas três horas da tarde. A cidade era pequena, talvez uns cinco mil habitantes. A Jefatura de Policía ficava numa rua estreita que emergia da pequena praça principal, onde o movimento de sábado à tarde se resumia a meia dúzia de velhos sentados, jogando damas, e a uma vintena de jovens, cuidadosamente separados por sexo, circulando em volta do jardim central. Era um casarão amplo, de dois andares, localizado no meio do quarteirão. Fomos levados diretamente para o segundo andar, onde ficava situado o gabinete do delegado.

"O delegado Javier, ao entrarmos em sua sala, olhou-me com um semblante em que se conjugavam o espanto e a cortesia funcional. Certamente não tinha sido avisado de minha vinda e, desconhecendo-lhe a razão, seu primeiro reflexo era mostrar-se prestativo diante daquele 'gringo' perdido no interior da Colômbia. Depois de apresentar-me como 'El Profesor Haberger, de Norte-América', o 'encarregado' Lopez pediu para ficar a sós com o delegado. Eu e Arcadio fomos convidados a nos retirar e a esperar no corredor com os guardas que nos haviam acompanhado desde Jalumi. A estes, juntaram-se dois outros policiais da própria delegacia de El Trapiche, atraídos pela presença de um estrangeiro em suas modestas dependências de trabalho. Os quatro entabularam animada conversa na qual, penso eu, os fatos estavam sendo narrados em detalhes.

"Meia hora depois, Lopez entreabriu a porta, enfiou a cabeça no corredor e determinou aos guardas que nos fizessem entrar na sala do delegado. O semblante de Javier havia mudado. Ofereceu-me, com ar circunspecto e um gesto largo, a cadeira em frente à sua mesa. Era um homem de estatura mediana, franzino, com o típico bigodinho latino estampado na face. Sua atitude era formal, quase respeitosa. Começou por dizer-me, numa fala suave e pausada, que eu me envolvera, de forma certamente involuntária, num incidente, 'una especie de delito', que 'desafortunadamente' estava se tornando cada vez mais freqüente na Colômbia. Os acidentes com morte nas estradas tinham aspectos de hecatombe no país. A coisa estava ficando de tal forma alarmante que as autoridades haviam decidido enfrentar o mal com mão de ferro. Segundo ele, o momento era, para mim, infortunado. Assegurou-me, em seguida, que era um simples cumpridor da lei e das determinações de seus superiores. Por último, indagou-me — e isto era, para mim, o mais importante — se eu não gostaria de entrar em contato com minha embaixada em Bogotá para obter o concurso de um advogado por ela credenciado. Aceitando prontamente a sugestão, tirei do bolso da camisa minha agenda de telefones e apontei, numa de suas páginas, para o número da embaixada. Feito isto, o delegado empunhou um velho telefone que repousava sobre um dos cantos de sua mesa e solicitou, provavelmente à única funcionária da telefônica local, que fizesse a ligação.

"Passaram-se longos trinta minutos antes que a telefonista de El Trapiche, ajudada pelos recursos tecnológicos que tinha à sua disposição, conseguisse conectar-se com Bogotá. Neste meio tempo, Arcadio foi chamado, mais uma vez, a confabular, num canto da sala, com as autoridades policiais. Sua presença, de certa forma, revelava-se, mais do que útil, providencial. O 'encarregado' Lopez e o delegado Javier pareciam levar em conta sua opinião antes de tomar qualquer decisão.

"Finalmente, o telefone tocou e o delegado, depois de atender, fez-me sinal com a mão para significar que alguém da embaixada já estava do outro lado da linha. Apressei-me a empunhar o fone, identifiquei-me para o meu interlocutor e solicitei que passasse, de imediato, a ligação para o adido cultural, que era o funcionário com quem eu tivera contatos mais freqüentes desde que chegara à Colômbia. O funcionário da embaixada lembrou-me polidamente que era sábado e que por isto não havia expediente. Ele era apenas um *mariner*, membro da guarda que cuidava da segurança do prédio. Expliquei-lhe do que se tratava, encarecendo a necessidade urgente de falar com alguém do corpo diplomático norte-americano em Bogotá. Não, não senhor, respondeu-me. Não havia como entrar em contato com o adido cultural em sua casa. Menos ainda com o embaixador. Quanto a este, sabia apenas que estava passando o fim de semana com amigos em

Cartagena, no Caribe. Não possuía os telefones domiciliares dos funcionários da embaixada. E, ainda que os tivesse, as normas internas impediriam-no de revelá-los. Insisti, mas foi em vão. Deixei com ele o meu nome, o da cidade de onde estava chamando e o telefone da delegacia, generosamente fornecido pelo solícito Javier. Supliquei-lhe que informasse do que estava acontecendo comigo o primeiro funcionário da embaixada que porventura entrasse em contato com ele, qualquer que fosse sua graduação.

"Quando desliguei, Javier e Lopez olhavam-me, cada um a seu modo, de forma significativa. Não sei o que Arcadio lhes dissera, mas tornara-se óbvio, para ambos, que meu prestígio junto à embaixada em Bogotá não era tão grande quanto havia sido apregoado. No semblante de Lopez pude identificar uma leve ponta de satisfação sádica, que atribuí ao fato de que suas suspeitas iniciais acabavam de se confirmar. Javier, ao contrário, parecia meio desamparado, talvez diante da perspectiva de não poder dividir com ninguém a responsabilidade de ter que lidar com uma situação que, certamente, era nova e angustiante para ele. Fitou-me com os olhos da fatalidade. Como Pilatos a Cristo.

"Depois de um bom minuto de silêncio e perplexidade, Javier convocou Lopez e Arcadio para nova confabulação num dos cantos da sala. Pude captar alguns fragmentos da conversa. Arcadio argumentava que eu estava *trabajando junto al Ministerio de la Agricultura en una missión de cooperación con el gobierno de Colombia*. Os outros dois falavam baixo, talvez para que eu não os ouvisse, mas percebi que pediam a Arcadio a apresentação de documentos comprobatórios da referida missão. Finalmente, chegaram ao que parecia ser um acordo com relação ao que deveria ser feito. Arcadio destacou-se do grupo e veio comunicar-me o que havia sido decidido. Explicou-me que tudo teria se resolvido com facilidade, caso tivéssemos encontrado um funcionário graduado na embaixada em Bogotá que se responsabilizasse pela minha soltura imediata, garantindo que eu estaria presente quando da primeira audiência sobre o acidente. O julgamento, segundo ele, não passaria da primeira audiência, tendo em vista que a culpa pelo acidente era obviamente da vítima, que se encontrava embriagada. Mas, não tendo havido intervenção da embaixada norte-americana, o melhor a fazer era recorrer ao reitor da Universidade de Cali, que assumiria a minha custódia até que a situação se resolvesse definitivamente. Como era impossível um contato telefônico com a universidade naquela tarde de sábado, ele se dispunha a ir a Cali, no meu velho Studebaker, para buscar em casa o reitor Hurtado Mendonza, que assumiria um termo de responsabilidade assegurando que eu não deixaria a Colômbia e me apresentaria às autoridades tão logo fosse convocado.

"A perspectiva de ficar a sós com o delegado Javier e o 'encarregado' Lopez não me agradava nada. Mas eu não conseguia vislumbrar nenhuma alternativa. Revelar, àquela altura, que o verdadeiro motorista, no momento do atropelamento, era Arcadio, e não eu, estava fora de cogitação. Só aumentaria a confusão e o descrédito em relação à minha conduta e à de Arcadio. Afinal, eu concordara, durante várias horas, com a versão dos fatos apresentada por Arcadio. Eram quatro horas da tarde. Calculei que indo rápido ele poderia estar de volta com o reitor Hurtado aí pelas onze horas da noite. Ainda a tempo de eu ir para o hotel, tomar uma boa ducha, engolir uma dose generosa de rum e ter um sono reparador das emoções daquele dia atribulado. Concordei com a idéia de Arcadio, e a única recomendação que lhe fiz foi que dirigisse com prudência, já que não havia dúvida no meu espírito, após seu desempenho ao volante pela manhã, de que ele faria o trajeto de ida e volta no menor tempo humanamente possível.

"Quando Arcadio saiu, o delegado Javier conduziu-me polidamente a uma sala vizinha, bem menor do que a sua, onde me ofereceu uma cadeira e uma mesa sobre a qual repousava uma pilha de edições antigas do jornal da região: *La Voz del Caucaso*. Era evidente que, para ele, compulsar o noticiário local seria uma maneira adequada de matar o tempo. Precavido, providenciou cadeiras para que os dois guardas, postados simetricamente em relação à porta, tivessem condições de suportar a longa espera e de vigiar os movimentos do 'prisioneiro'. Em menos de uma hora eu havia percorrido o noticiário regional dos últimos trinta dias e poderia dissertar sobre a vida em El Trapiche e arredores como se lá tivesse vivido anos a fio. Preso na redoma da Universidade de Cali, atento apenas às minhas pesquisas biológicas, pela primeira vez eu mergulhava no dia-a-dia daquele enorme país varrido por forte comoção interna. O farto noticiário sobre crimes violentos ocorridos na região destacava-se do resto. Rixas políticas, disputas eleitorais malresolvidas nas urnas, querelas amorosas, desavenças de botequim, dívidas de jogo, brigas de família, a defesa da honra de donzelas, enfim, motivos não faltavam para justificar aquela sangria desatada. Imaginei que tribunais e cadeias deveriam estar abarrotados de processos e de criminosos à espera de julgamento. Diante daquela avalanche, o episódio em que eu me envolvera parecia insignificante. O delegado Javier certamente ansiava por uma rápida solução que evitasse que um simples caso de atropelamento congestionasse ainda mais o expediente de sua delegacia.

"Aí pelas cinco e meia, o delegado Javier apareceu trazendo duas grandes xícaras de café. Pediu emprestada uma cadeira a um dos guardas e sentou-se à minha frente. Sorvi o delicioso café colombiano, bem quente, com enorme prazer. Era o primeiro alimento que eu ingeria desde o café da manhã em Cali. Javier começou por dizer-me que esperava sinceramente que Arcadio voltasse com o reitor Hurtado. Um termo de responsabilidade assinado por tão ilustre personalidade bastaria para que ele me liberasse sem receio de ser recriminado posteriormente por excesso de indulgência com um infrator estrangeiro. Explicou-me, também, que, na Colômbia, os processos envolvendo demandas judiciais de pessoas físicas ou jurídicas contra o governo, ou seus funcionários, tinham que ser submetidos a um tribunal administrativo. Era o que aconteceria com o atropelamento do infortunado Hernandez, já que, segundo Arcadio, eu estava prestando serviços ao Ministério da Agricultura e a família do morto havia apresentado queixa contra mim. Ele receava, contudo, que o processo fosse demorado, pois o juiz que presidia o tribunal administrativo da região tinha sido assassinado há seis meses por membros de uma facção política rival e, desde então, não tinha sido possível nomear seu substituto por absoluta falta de pretendentes ao cargo. Em seguida, procurou saber o que eu fazia exatamente na Universidade de Cali. Expliquei-lhe, em detalhes, o tipo de pesquisa que eu e meus auxiliares desenvolvíamos no Departamento de Botânica. Mostrou-se genuinamente interessado nas minhas explicações e, ao contrário do que ocorria com freqüência na universidade, não pude detectar nenhuma ponta de desconfiança ou preconceito contra a presença de um cientista estrangeiro em áreas remotas do interior do país. Parecia-me um homem educado e aberto às transformações que acontecem no mundo. Estimulado pela sua cordialidade, solicitei-lhe que providenciasse algo para eu comer. Javier explicou-me que, infelizmente, não tinha recursos para atender a esse gênero de despesa imprevista, mas que se eu dispusesse de algum dinheiro ele solicitaria, de bom grado, que um dos guardas fosse até a padaria mais próxima para comprar-me um sanduíche e um refrigerante. Foi o que fizemos e, dali a pouco, enquanto eu matava a fome, Javier transmitia-me as impressões de um tio que há alguns anos tinha tido a fortuna de passar uma semana em Nova York.

"Por volta das sete e meia da noite, Javier despediu-se

dizendo-me que ele e a esposa estavam comemorando seu vigésimo aniversário de casamento e que haveria uma grande festa em sua casa naquela noite. Por isto, infelizmente, não poderia voltar mais tarde para me ver. Mas que eu não me preocupasse, Arcadio certamente estaria de volta, com o reitor a tiracolo, antes das onze, e eu poderia dormir tranqüilamente no hotel e iniciar minhas atividades de pesquisa na região no dia seguinte. Seu substituto, o subdelegado Hierro, chegaria por volta das oito da noite e ele, Javier, deixaria instruções por escrito para que eu fosse liberado tão logo o reitor assinasse o termo de responsabilidade. Antes de sair, ele ainda acenou-me da porta e desejou-me boa sorte.

"Uma hora mais tarde, quando eu catava nos jornais velhos alguma notícia deixada para trás sem ser lida, surgiu na soleira da porta uma figura corpulenta, de bigode farto, camisa semi-aberta sobre o peito suarento.

"— Então é você — disse ele, como se já me conhecesse. — Veio de longe para meter-se em encrencas?

"Expliquei-lhe, no meu espanhol arrevesado, e escolhendo cuidadosamente as palavras, que tudo não passava de uma fatalidade cuja culpa cabia à vítima, que, por estar bêbada, atravessara a estrada cambaleando e sem prestar atenção ao carro que se aproximava.

"— Não é o que dizem as testemunhas — retrucou-me secamente.

"— Testemunhas? Mas não havia apenas uma? — indaguei, intrigado pelo uso do plural.

"— Uma apenas bastaria. Mas, na verdade, temos cinco. Outras quatro vieram de Jalumi numa velha caminhonete para cumprir seu dever de testemunhar. O senhor foi infeliz na escolha da vítima. Tulio Hernandez fazia parte da banda de música do povoado e era muito estimado pela comunidade.

"Fingi não perceber sua mordacidade.

"— É a primeira vez que atropela alguém? Pela maneira como dizem que dirigia, não me espantaria se já tivesse feito outras vítimas.

"Pareceu-me inútil tentar convencê-lo de minha inocência. Limitei-me a indagar:

"— O delegado Javier disse-lhe que estou aguardando a chegada do reitor da Universidade de Cali, o professor Hurtado? Deixou-lhe instruções sobre o que fazer?

"— Instruções? — perguntou com desprezo. — Por que eu necessitaria de instruções? Existem normas para cada caso, senhor. Basta aplicá-las.

"E, dito isso, puxou uma cadeira e sentou-se à minha frente com ar inquisitorial.

"— Com que então está a pesquisar no interior da Colômbia. *Unas plantitas, no?* — E iniciou um minucioso interrogatório sobre as razões da minha vinda para seu país e as atividades por mim desenvolvidas em Cali. Seu estilo era oposto ao do delegado Javier: em vez do tratamento formal, uma franqueza rude.

"O jeito de Hierro começava a me irritar. Acalmei-me ponderando mentalmente que sua maneira aberta de mostrar seus sentimentos talvez me ajudasse a avaliar melhor a situação em que me metera, ou melhor, em que Arcadio me envolvera com sua mentira aparentemente inofensiva. Procurei responder a suas indagações de forma monossilábica, a fim de não lhe dar pretexto para alimentar o que parecia ser uma animosidade em relação aos estrangeiros e, em especial, contra os norte-americanos. Mas meu laconismo, ao contrário, teve o efeito de reforçar sua crença de que eu tinha algo a esconder além das verdadeiras circunstâncias do atropelamento. Depois de meia hora de perguntas, cujas respostas lhe pareceram insatisfatórias, levantou-se abruptamente e disse:

"— Como queira. Diante do Tribunal você terá que contar toda a verdade. Caso contrário, sua situação ficará ainda mais complicada. Eles vão querer saber tudo a seu respeito. Temos muitos estrangeiros envolvidos com coisas que não devem em nosso país. Você não seria o primeiro a ser pego por acaso. — E, antes de sair fechando a porta atrás de si, completou: — Queira Deus que a morte do pobre Hernandez seja seu único delito.

"Olhei para o relógio. Já eram quase nove e meia. Dentro de uma hora, no máximo, Arcadio chegaria com o professor Hurtado para resgatar-me e redimir-se da embrulhada em que me metera.

"Apesar de continuar confiando num desfecho favorável para aquela situação, eu já estava francamente arrependido de ter concordado com a falsa versão proposta por Arcadio. Sobretudo porque, cada vez mais, sua atitude me parecia fruto de uma esperteza bem calculada e não de um impulso momentâneo. Era impossível imaginar que ele não tivesse a mínima idéia das complicações que estava criando para mim ao pedir-me que assumisse a culpa pelo acidente. Minha fúria era tanta que pensei em chamar o subdelegado Hierro para oferecer-lhe, de imediato, a verdade que, a seu ver, só viria à tona diante do Tribunal. Mas alguns minutos de reflexão bastaram para convencer-me de que essa estratégia só faria piorar minha situação. E se Arcadio não confirmasse minha nova versão dos fatos? E mesmo que a referendasse, não pareceria uma manobra, um gesto altruísta para livrar um visitante estrangeiro das garras da lei colombiana? Ou, pior ainda, será que a xenofobia de Hierro não farejaria, de pronto, uma conspiração para desviar o rumo da investigação e camuflar o verdadeiro significado de minha presença em seu país? Além do mais, segundo o subdelegado, já havia outras quatro testemunhas que, atraídas pela oportunidade de se transformarem em heróis diante da população de Jalumi, estavam dispostas a depor jurando que o abominável estrangeiro era o 'anjo da morte' que vitimara o tão querido Hernandez. O mais prudente era engolir minha raiva e esperar que o reitor Hurtado ou algum funcionário da embaixada viesse me livrar daquela enrascada para acertar contas depois com Arcadio.

"A hora que se seguiu foi de grande tensão. Cada minuto aumentava minha ansiedade. Eu esperava que a qualquer momento o reitor Hurtado irrompesse porta adentro, de peito estufado, com o ar aristocrático que assumia nas cerimônias que presidia na universidade, acompanhado por um Hierro ofegante, solícito, até mesmo subserviente, cujo preconceito e ignorância ficariam expostos aos olhos de si mesmo como diante de um espelho.

"Aí pelas dez e meia, Hierro reapareceu.

"— Um tal de Arcadio deseja lhe falar ao telefone — anunciou sem se afastar da porta. E, com um gesto de cabeça, fez sinal para que os guardas me deixassem passar.

"O telefone, provavelmente o único da delegacia, era o mesmo que eu havia usado na sala do delegado Javier, agora ocupada por Hierro. Precipitei-me em direção ao aparelho. Do outro lado da linha, a voz de Arcadio indagou:

"— E então, apareceu alguém da embaixada?

"A pergunta me indignou.

"— Como assim? — indaguei. — Não era você que tinha que trazer o reitor Hurtado?

"— Ah, sim. Mas isso era apenas uma possibilidade. Na verdade, o reitor Hurtado nem está em Cali. Disseram-me que foi pescar com alguns amigos, num lugar que só eles conhecem com precisão, e não volta antes da segunda-feira. Se você não quiser esperar, é melhor tentar outra solução.

"Seu jeito desprendido enfureceu-me de vez. Nem parecia o Arcadio pressuroso em confabular com o delegado Javier e o 'encarregado' Lopez para minimizar os efeitos de um 'incidente' internacional que ele mesmo havia fabricado.

"— Olhe aqui — disse eu —, quem tem que encontrar uma solução, e rápido, é você. Lembre-se de que estou metido nesta confusão por sua causa. E se você não achar uma

boa saída nas próximas horas terei que explicar tudo direitinho ao delegado.
"Arcadio fingiu não entender minha ameaça velada.
"— Calma, professor. Tudo vai se resolver bem. A embaixada americana já foi avisada e a qualquer momento alguém de lá vai telefonar. Não sei o que mais posso fazer pelo senhor. Sugira alguma coisa. Estou disposto a ajudar. Minha obrigação é dar-lhe toda a assistência possível. Mas o senhor há de entender que estamos num fim de semana e que é difícil encontrar as pessoas. — Seu tom era condescendente. Havia esquecido o que de fato acontecera. Falava como se estivesse me prestando um grande favor.
"— Não me interessa se é fim de semana ou não. Você vai encontrar a pessoa certa para me tirar daqui antes da meia-noite, senão vai se arrepender. Isto eu lhe garanto.
"— Vou fazer o possível, professor, lhe prometo.
"Não havia muito mais a dizer naquelas circunstâncias. Desliguei com a esperança de que Arcadio tivesse captado a mensagem e acreditado na minha ameaça.
"Hierro acompanhou a conversa telefônica a uma distância suficiente para ouvir o que eu dizia sem inibir-me. Quando coloquei o fone no gancho, olhou-me com desdém e perguntou:
"— E então? — Mas não era uma indagação verdadeira. Era a sua maneira de dizer que meus artifícios haviam se esgotado e eu continuava preso na sua rede. E que, portanto, já era hora de admitir a derrota. Procurei não dar o braço a torcer.

"— Arcadio disse-me que o reitor Hurtado foi informado da situação por um mensageiro e não gostou de saber que estou preso. Só que se encontra pescando num lugar distante de Cali, onde não há telefone. Senão já teria telefonado.

"— Podemos aguardar — respondeu Hierro, dando-se o luxo de ser cavalheiresco. — Não há por que não lhe oferecer todas as chances. — E, dito isso, fez-me sinal para que o acompanhasse de volta à sala onde eu me achava enclausurado.

"Eu custava a crer no que estava ocorrendo. Não era possível que eu fosse passar a noite naquela delegacia miserável do interior da Colômbia. Até ali eu havia acreditado que algo me livraria daquela situação. Não que eu esperasse algum milagre. Ao contrário, tudo que eu queria era uma ocorrência plausível, como uma intervenção do Tio Sam, através do telefonema de um funcionário da embaixada, ou do reitor Hurtado, preocupado com a reputação de sua universidade. Mas nem isso o destino parecia disposto a me conceder.

"O certo é que nada de novo aconteceu até a meia-noite. Quando os dois ponteiros do meu relógio apontaram para cima, um sobre o outro, Hierro apareceu na soleira da porta com pontualidade suíça.

"— E aí? Eu e os guardas precisamos dormir e não podemos deixar nenhum prisioneiro fora das celas. Lamento, mas teremos que recolhê-lo ao xadrez.

"Estremeci. Até então eu não tinha pensado na possibilidade de ter que dormir no catre de uma cela infecta de uma prisão do interior da Colômbia. O alojamento de estudantes da Universidade de Cornell devia ser infinitamente mais confortável do que as instalações que o subdelegado Hierro tinha a me oferecer. Tentei argumentar:

"— Espere um pouco! Não há necessidade de me colocar numa cela. Afinal eu não sou nenhum criminoso. Não represento perigo para ninguém.

"— Sabe-se lá? — desdenhou Hierro. — Já vi de tudo na minha carreira. E, depois que a merda acontece, nossos chefes não querem saber de explicações, por mais sensatas que possam parecer. Uma vez, um deles me disse: 'Hierro, uma razão só é boa para orientar uma decisão. Depois, só o resultado importa!'

"Fiz, então, uma tentativa desesperada de intimidá-lo, usando sua própria lógica:

"— Se é assim, diga-me o que pensa que pode acontecer quando o embaixador americano e o reitor Hurtado souberem que você me trancou numa cela durante toda a noite.

"Fechou ainda mais o semblante e olhou-me fixamente antes de responder.

"— Não sei como é no seu país, professor. — Era a primeira vez que me chamava assim, e percebi que era uma forma de sublinhar o conteúdo superior do que iria me dizer. — Mas aqui na Colômbia a lei é igual para todos.

"Não pude conter-me:

"— Ora, seu..., seu... — E, felizmente, não encontrei o adjetivo adequado. — Você pensa que eu sou algum imbecil, para acreditar que neste país dominado pela fraude, pelo crime e pela corrupção a lei é a mesma para todos?

"— Cuidado com o que diz, ou sua situação pode se agravar. — E Hierro fez um sinal para que os guardas se aproximassem.

"Estava mais do que claro que eu não poderia levar minha contestação muito além sem correr o risco de passar por maiores humilhações do que ficar trancafiado numa cela durante uma noite. O bom senso recomendava cautela. Apesar dos meus verdes anos, tive maturidade suficiente para saber dominar meus impulsos. Hierro e os guardas levaram-me para uma sala no primeiro andar, onde um escrivão, com uma velha máquina de escrever à sua frente, passou a preencher um formulário com meus dados pessoais. Completada essa primeira tarefa burocrática, Hierro pediu a um dos guardas que chamasse o carcereiro. Apareceu um senhor idoso, magro, rosto esbranquiçado por uma barba de um ou dois dias, e com idade mais do que suficiente para estar aposentado há muito tempo. Era óbvio que alguma vantagem financeira ou, quem sabe, um grande prazer no que fazia, o mantinha no exercício daquela função além do tempo regulamentar. Quando lhe explicaram que eu era o novo exemplar de sua coleção, arregalou os olhos e coçou o queixo, examinando-me como se tivesse dificuldade em catalogar-me corretamente.

"— Bom — disse Hierro, virando-se para mim —, até amanhã. Tenho certeza de que estará bem na companhia do velho Valdez. É o carcereiro mais experiente do Departamento de Vale do Cauca. Nunca tivemos uma única queixa contra ele. — O velho balançou a cabeça em sinal de confirmação e agradecimento. Em seguida, Hierro fez uma leve mesura e estendeu o braço, indicando aos guardas que estava na hora de levar-me para a cela.

"Saímos da sala, Valdez à frente, e pegamos um longo corredor que levava aos fundos do casarão. No final, o corredor desembocava numa saleta pequena, onde havia apenas uma mesa e duas cadeiras. Valdez fez sinal para que eu sentasse, pegou um bloco de papel em cima da mesa e solicitou que eu esvaziasse os bolsos da calça e da camisa. Lentamente, anotou cada um dos objetos que eu trazia: lenço, caneta, agenda de telefones, carteira de dinheiro. Folheou rapidamente a agenda, soltando as folhas com o dedo polegar da mão esquerda, talvez para verificar a quantidade de números de telefones que eu tinha à minha disposição. Devia ser um dos indicadores que utilizava para avaliar a importância de um preso. Já a carteira, Valdez abriu lentamente, como um médico que inicia o estágio mais delicado de uma cirurgia, e separou, com cuidado, sobre a mesa, dinheiro e documentos. Havia cem dólares, em notas de vinte, e o equivalente a duzentos dólares em moeda colombiana, que ele contou devagar, para que eu pudesse acompanhar a operação. Depois, estendeu-me o maço de notas e pediu-me que conferisse a soma total. Quando terminei, Valdez anotou o valor numa das folhas do bloco e iniciou o exame dos documentos. Não eram muitos: uma carteira de motorista e outra da previdência social norte-americana, passaporte e uma folha, dobrada em quatro, atestando que eu era professor visitante no Departamento de Botânica da Universidade de Cali.

"Para cada uma dessas peças, Valdez adotou o mesmo procedimento, que devia constituir, para ele, uma espécie de rotina funcional: comparou-a com as demais para detectar qualquer discrepância de informações; anotou no bloco de papel as características do documento sob exame; e, finalmente, lançou-me um olhar, a fim de assegurar-se de que aquele pedaço de papel com valor oficial referia-se efetivamente ao preso que tinha diante de si. O laconismo de Valdez contrastava com a loquacidade de Hierro, o que lhe conferia um ar profissional. Seu aparente formalismo, àquela altura dos acontecimentos, por mais estranho que pareça, transmitia-me uma certa tranqüilidade.

"Terminado o exame minucioso de tudo que eu carregava nos bolsos, Valdez colocou o dedo no final da folha de papel em que anotara a lista de meus poucos pertences, indicando-me o local em que eu deveria assinar. Em seguida, levantou-se e fez-me sinal para que o acompanhasse. Pegamos um estreito corredor à esquerda, perpendicular àquele que tínhamos percorrido um pouco antes. Os guardas nos seguiam a uma certa distância, o suficiente para intervir se houvesse necessidade. Enquanto avançávamos no longo corredor, podia-se ouvir crescer um amálgama de sons cuja natureza parecia, de início, indefinível. Aquela massa informe, à medida que nos aproximávamos, ganhava contornos cada vez mais nítidos, como um objeto que emerge da escuridão pouco a pouco. Agora, já não havia mais dúvida, eram vozes humanas cuja única possibilidade de difusão era o longo e estreito corredor onde todas se fundiam num bruaá inextricável. Ao fim do corredor deparei-me com a fonte primária daquela onda sonora: duas celas de aproximadamente 8x10m, onde se encontravam trancafiados uma cinqüentena de presos.

"As celas estavam dispostas em lados opostos, separadas por uma sala de uns 20m². No meio da sala havia uma pequena mesa com uma cadeira. Valdez sentou-se na cadeira e fez sinal para que um dos guardas me revistasse antes de colocar-me numa das celas. Queria certificar-se de que eu não trazia escondido nenhum objeto que pudesse servir para atentar contra a minha própria vida ou a de algum dos presos. Depois de apalpar-me, o guarda balançou a cabeça para informar ao carcereiro que eu estava 'limpo'. Pareciam acostumados a se comunicar por movimentos de cabeça.

"Com a minha chegada, o alvoroço havia praticamente cessado. A curiosidade era maior do que o interesse despertado pelos temas que animavam o cotidiano da vida na prisão. Todos estavam concentrados no ritual de Valdez, que já deviam conhecer de cor e salteado. Depois de alguns minutos de quase silêncio, pôde-se ouvir, distintamente, uma voz gritar, em tom irônico: '*Hei, gringo! Puede venir, hermanito, que no dejaré que te hágan mal.*' Uma risada só, coletiva, tonitruante, tomou conta do ambiente. Virei-me e deparei com um sujeito enorme, agarrado às grades da cela à minha direita, que me olhava como se eu fosse um peru de Natal. Foi então que percebi que uma das celas, a do tal brutamontes, achava-se superlotada de presos, seguramente mais de quarenta, enquanto a outra tinha apenas quatro detentos que jogavam cartas em torno de uma mesa.

Valdez parecia alheio a tudo que acontecia à sua volta. Segurou-me pelo braço e encaminhou-me em direção à cela onde mal cabia um alfinete. Quando ele já colocava a mão à cintura para pegar a chave da porta da cela onde eu passaria oito longas horas em companhia da escória do Vale do Cauca, tive o lampejo de perguntar por que razão uma cela estava tão cheia e a outra tão vazia.

"— Aquela ali — disse-me Valdez, apontando para a cela dos jogadores de cartas — é privativa dos membros do Sindicato de Rodoviários do Departamento de Cali. Como há muitos acidentes com mortos e feridos na estrada envolvendo membros do sindicato, eles solicitaram ao governo departamental uma cela própria para seus membros.

"Foram apenas alguns segundos antes que a pergunta óbvia e salvadora me ocorresse.

"— Diga-me, Valdez, como é que a gente faz para se filiar ao sindicato?

"— É bastante simples, senhor. Basta preencher um formulário, tirar duas fotos e pagar a taxa de inscrição.

"— E você acha que ainda há tempo de fazer a inscrição hoje?

"— Com certeza, senhor. Sempre temos formulários e carteiras do sindicato aqui na delegacia e podemos acordar o velho Honório, caso o senhor não tenha fotos consigo. Ele é o fotógrafo oficial de El Trapiche há mais de trinta anos.

"— E qual seria a taxa de inscrição? — perguntei, apreensivo.

"— Ora, não mais do que duzentos e cinqüenta dólares — disse-me com ar displicente. Por coincidência, era praticamente tudo que eu tinha.

"— Estou ansioso para ser um membro do sindicato — arrisquei, convencido de que havia, enfim, encontrado um terreno em que eu e Valdez poderíamos nos entender.

"— Pelo que sei, estão interessados em desenvolver vínculos internacionais — retrucou Valdez, sem se dar por achado.

"O resto aconteceu com enorme rapidez. De fazer inveja a qualquer burocracia. Em menos de meia hora Honório fez-se presente com sua máquina caixão. Tirou-me dois retratos revelados quase no ato. Valdez ajudou-me a preencher o formulário adequado às circunstâncias. Depois, colou uma das fotos numa carteira do sindicato e estendeu-me o documento com ar solene, como a indicar-me que, a partir dali, minhas responsabilidades aumentavam consideravelmente. Em seguida, abriu a porta da cela em que outros membros do sindicato cumpriam as formalidades impostas pela lei e despediu-se desejando-me um bom descanso.

"Eu e meus companheiros de agremiação ficamos conversando até as três horas da manhã. Queriam conhecer detalhes das razões que haviam motivado a minha prisão. De madrugada, quando o silêncio finalmente abafou todos os sons, cada um de nós acomodou-se no colchão que lhe cabia e adormeceu lentamente.

"Aí pelas oito e meia da manhã, Valdez bateu com as chaves na grade da cela para nos acordar. Avisou-me que o delegado Javier já telefonara de casa para dizer que queria ver-me por volta das dez horas. Num dos cantos da cela havia uma pia com um espelho. Aproveitei para lavar o rosto e examinar minha aparência. Não sei se algum de vocês já passou a noite numa prisão sem nem de longe esperar por isso. É uma experiência estranha. A situação toda é tão inesperada que você acorda como se emergisse de um pesadelo. Você apalpa o próprio corpo, certifica-se de que está desperto, que tudo não passou de um sonho ruim. E aí levanta e se olha no espelho. E se sente literalmente um outro homem. Não é apenas a aparência desleixada, barba por fazer, cabelo desgrenhado, olheiras de noite maldormida. É mais do que isso, porque, no fundo, mesmo sem se dar conta, você cria expectativas com relação às suas rotinas do cotidiano. Elas podem ser boas ou ruins mas situam-se no campo das possibilidades. Circunstâncias absolutamente irreais não entram nos seus cálculos. Mas seu rosto, refletido no espelho, mostra que é você quem está ali, embora sua mente continue a lhe dizer que isto não é possível. É como se sua existência tivesse sido interrompida no meio e você tivesse, de repente, assumido o destino de outra pessoa. Como se alguém, lá em cima, tivesse apertado um controle remoto e mudado você de canal. 'Toma lá, professor Haberger, agora o senhor vai ser um traficante colombiano e vai amargar o resto de sua vida numa cela da prisão de El Trapiche.' Mas em que você deve acreditar? Nos seus olhos, que mostram sua imagem no espelho, ou na sua inteligência, que diz que aquilo tudo é irracional?

"Às dez horas, quando Valdez veio me buscar para levar-me até o delegado Javier, eu continuava numa espécie de esquizofrenia. Mente e corpo ainda não haviam se reencontrado. As sensações físicas me situavam ali, na prisão de El Trapiche, sendo conduzido por Valdez através de um corredor sem fim. A cabeça, que se recusava a reconhecer aquelas circunstâncias, procurava sintonizar o canal de origem, aquele do qual havia sido desconectada por um capricho eletrônico.

"— Finalmente — disse Javier, saudando-me com um sorriso — recebemos um telefonema da embaixada americana. Um conselheiro, creio eu, não guardei o nome. Sabia perfeitamente de quem se tratava e afirmou que se responsabilizam por você. Não lhe disse que não precisava se preocupar? Que tudo acabaria bem? — Fez sinal para que eu me sentasse à sua frente. — Como passou a noite? Espero que o velho Valdez o tenha tratado bem. Até hoje nunca tivemos nenhuma queixa dele. São mais de trinta anos de bons serviços prestados. Chegou a pensar em se aposentar, mas nós não deixamos. Tem um olho clínico. Sabe distinguir um delinquente de um verdadeiro homem de bem.

"Javier falava sem parar. Sua voz parecia vir de longe, como se o som chegasse até mim mas sem que eu pudesse decifrar seu significado. Perguntou-me se eu havia comido alguma coisa. Diante da resposta negativa, pediu a um dos guardas que preparasse um café da manhã e recomendou: 'Com presunto e ovos, por favor, o professor precisa recuperar as forças.' Em seguida, disse-me que já tinha tomado a liberdade de contatar Arcadio para que ele viesse me buscar em El Trapiche.

"Quando Arcadio chegou, aí pelas onze e meia da manhã, Javier fez questão de levar-me até a porta e de despedir-se desejando-me sucesso no prosseguimento de minhas pesquisas.

"— Espero que possa retornar a El Trapiche em condições mais agradáveis — disse-me. — Sempre será bem-vindo por aqui. E não se esqueça de nos fazer uma visita.

"Mal dobramos a primeira esquina, a bordo de meu velho Studebaker com a frente amassada pelo choque com o corpo do infortunado Hernandez, arranquei o volante das mãos de Arcadio e encetei o caminho de volta para Cali.

"Todo o episódio acabou por abreviar a minha estada na Colômbia. Três meses depois eu já estava de volta à Universidade de Cornell e nunca mais tive notícias da justiça colombiana.

O professor Haberger fez uma pausa, lançou o olhar filosoficamente para longe e completou:

— Se não fosse por isto aqui, eu pensaria, até hoje, que tudo não passou de um pesadelo. — E tirou do bolso, com cuidado, uma carteira com uma foto em que aparecia quarenta anos mais moço, mas com o mesmo rosto redondo e o olhar ingênuo e assustado que o tempo não havia mudado. E suspirou: — Nunca saio de casa sem ela.

Um Filho de Loulé

Antônio Pinguinha reconheceu o guincho do freio enferrujado da bicicleta do carteiro parando em frente à sua casa. Fazia cerca de dois meses que ele não aparecia para entregar correspondência. As cartas de Joaquim não chegavam com regularidade. Mas nunca ficara tanto tempo sem enviar um cartão-postal sequer. Eram, em geral, cartas curtas, com poucas notícias, o suficiente para manter o pai tranqüilo com relação à sua saúde, pois Joaquim conhecia o pendor dos portugueses para pressentir tragédias. Não queria que o velho se afligisse à toa.

Antônio abriu a porta e deparou-se com o jovem seco, rosto encovado, crestado pelo sol do Algarve, que lembrava a figura do filho ausente.

— Já cá tem notícias do filho, seu Antônio. Não precisa mais se preocupar.

Não havia ninguém em Loulé que não conhecesse Antônio e a história de seu filho que fora estudar em Paris. O velho recebeu o envelope que o jovem lhe entregava e agradeceu.

Aos 65 anos, a idade começava a pesar e Antônio já não tinha a disposição de antigamente para tomar conta da quinta. Era cada vez mais difícil encontrar mão-de-obra para cuidar das oliveiras. Na época da colheita, então, era um deus-nos-acuda. Para juntar-se um número adequado de braços, tinha-se que recorrer aos jovens de outras vilas, gente que ele mal conhecia e na qual não confiava. Antes da guerra em Angola piorar, era possível fazer a colheita só com os rapazes da aldeia, garotos que vira crescer, filhos de amigos seus, colegas de escola de Joaquim. O trabalho virava farra e o velho Antônio, quando já não havia mais nenhuma azeitona madura a colher, matava um cabrito e gritava para a mulher: "Deolinda, ó Deolinda, assa este cabrito para os miúdos." Agora era tudo diferente. Alguns queriam até receber uma parcela do pagamento adiantada, como se desconfiassem de Antônio.

Não que se sentisse alquebrado fisicamente. O corpo ainda era rijo. Afinal, a vida inteira se dedicara ao trabalho pegando na enxada, derrubando árvore, cortando madeira, construindo galpões, carregando sacos e tonéis. Não havia peso ou tamanho que o assustasse. Mas algo, lá dentro, havia acontecido. Era uma fraqueza da alma. Começara a perder o ânimo com a morte da mulher. Logo depois, o filho manifestara o desejo de estudar no exterior. Todos diziam que o menino era muito inteligente. Tinha jeito para os estudos. "Ó Antônio! Este teu filho a quem saiu, pá?", brincavam os amigos. E era a única ocasião em que o velho ameaçava sorrir. O rapaz parecia decidido: viajou a Lisboa para informar-se no consulado francês, fez os cálculos de quanto precisaria mensalmente para sustentar-se no exterior, encontrou quem traduzisse para o francês o histórico escolar recheado de notas excelentes, contactou amigos de amigos de amigos que já estudavam na capital da França e conseguiu até alguém com quem lá poderia dividir um quarto. Não restou ao velho senão reunir suas economias para pagar a passagem de trem e dar ao filho o suficiente para os primeiros meses em Paris.

A idéia de ter o filho longe doía em Antônio. Mas não havia alternativa. Dali a alguns meses, quando completasse dezessete anos, Joaquim já não poderia mais sair de Portugal legalmente. Aos dezoito, convocariam-no para a guerra e, se não se apresentasse, seria considerado desertor, correndo o risco de ficar alguns anos na cadeia, o que arruinaria sua juventude. Homem de poucas letras, Antônio quase nada sabia das razões da luta nas colônias. Seu sentimento patriótico o inclinava a ficar ao lado de seu país em qualquer circunstância. Mas eram tantos os relatos de famílias que tinham perdido seus filhos, algumas ali mesmo da aldeia, que Antônio consentiu em deixar Joaquim partir. Era seu único filho homem. Seu desejo sincero era que a guerra acabasse logo e fosse ganha por Portugal, para que Joaquim pudesse voltar para lhe dar novo ânimo, ocupar-se dos negócios, cuidar da terra e da criação, aprender com ele a produzir, vender e comprar, como Antônio aprendera com seu pai. A pátria também era ali, em Loulé, onde seus antepassados haviam construído um patrimônio, modesto, é verdade, mas feito de trabalho honesto. Em Loulé, um jovem inteligente como Joaquim, cheio de vitalidade, tinha tudo para construir uma família próspera e feliz. Por que morrer em terras tão distantes, por razões difíceis de entender? Não, Antônio não se julgava um mau português. Pelo contrário.

Já havia seis anos que o filho partira com o endereço de amigos e de alguns parentes distantes no bolso do casaco, para ter a quem recorrer em caso de necessidade, e o diploma do secundário guardado cuidadosamente no fundo da mala. Mas pouco importava, ao velho Antônio, que os estudos na França fossem tão demorados. A guerra nas colônias cobrava cada vez mais vidas a Portugal e era bom saber que Joaquim estava longe da carnificina. Só voltaria quando a paz estivesse assegurada e houvesse anistia para os desertores. O velho sabia que ainda estaria vivo para receber o filho de braços abertos. Seria capaz até de ir a Lisboa pela primeira vez, só para esperá-lo na estação de trem.

Joaquim era o mais novo, quase um temporão. Além dele havia Isabel e Maria Judite. Isabel já tinha trinta e dois anos e não parecia interessada em casar. Com a morte prematura da mãe assumira naturalmente as tarefas domésticas, pois o costume mandava que, sendo a mais velha, deveria ocupar-se do pai e da casa até que Joaquim encontrasse uma esposa que pudesse assumir essa função. O passar do tempo fizera com que se submetesse docemente aos desígnios da fortuna e não se ouvia sair de sua boca uma única queixa. Sabia que seu destino era decorrência do infortúnio dos homens da família: o irmão, obrigado a deixar o país para fugir da guerra, e o pai, que perdera sua companheira querida ainda cedo. O mesmo fado atingira os três. Por isso, não se sentia injustiçada.

Maria Judite, cinco anos mais nova do que Isabel, casara, pouco depois da morte da mãe, com um jovem de um vilarejo próximo e tinha ido morar em Faro, onde o marido trabalhava num banco. Todos os domingos vinha, com o marido e os dois filhos, almoçar com Antônio. Os garotos, um de cinco anos e o outro de três, eram a alegria do velho. E pensar que Joaquim só os conhecia de fotografia! O rosto de Antônio se enchia de felicidade antecipada ao pensar no dia em que os filhos de Joaquim estariam ali também, fazendo algazarra em torno da mesa posta para o almoço no quintal, bulindo com os bichos, encantando-se com as amendoeiras em flor, mostrando-se curiosos a respeito do crescimento e do trato de plantas e animais.

O velho sentiu nos dedos um envelope mais espesso do que de costume. Devia ser uma carta longa, cheia de novidades, para compensar o tempo que o filho ficara sem escrever. Era melhor esperar a chegada de Isabel para que ela lesse, em voz alta, a carta para ele. Sempre tivera dificuldade com a leitura, que aprendera na escola do vilarejo, quando menino, mas que pouco praticara como adulto. Qualquer uma das filhas lia melhor que ele, encadeando as palavras sem esforço, como se saíssem da própria mente, e não tivessem que ser arrancadas do papel. Antônio era capaz de decifrar a letra do filho e entender, tintim por tintim, o que Joaquim contava a respeito de sua vida e de seus estudos em Paris. O problema é que, quando tentava, as mãos tremiam, a vista cansada ficava nublada e a ansiedade fazia com que saltasse palavras e linhas. Perdia-se naquele turbilhão de letras, com a sensação de que elas se embaralhavam para esconder alguma notícia ruim. Preferiu manter o envelope fechado, mas continuou a segurá-lo durante alguns minutos, comprimindo-o nos dedos e examinando-o de um lado e do outro, como se a textura do papel ou o estilo da caligrafia, com o nome e o endereço do destinatário, pudessem informá-lo a respeito do filho querido. Só podia ser notícia boa. As notícias ruins eram curtas. Cabiam num telegrama. Acontecimentos felizes, ao contrário, eram narrados com profusão de detalhes. Quem sabe o filho tinha concluído, finalmente, a faculdade? E, ao acabar a guerra, voltaria a Portugal sobraçando o diploma estrangeiro, talvez o primeiro do povoado de Loulé? O velho Antônio não era orgulhoso. A vida lhe ensinara que as conquistas mais simples custam caro. Mas não pôde deixar de antever, por alguns segundos, a sensação de triunfo diante dos amigos que o êxito do filho em terras distantes lhe propiciaria. Colocou a carta em lugar bem visível, em cima da cristaleira da sala de jantar, e foi cuidar de alimentar os animais. Eram quase cinco horas da tarde. Dali a pouco mais de meia hora Isabel chegaria.

Era uma tarde de fim de outono e o sol já começava a se pôr. Antônio acabara de alimentar os porcos e galinhas e tomava café na varanda quando o ronco do motor do velho ônibus que fazia a ligação com o vilarejo despertou sua atenção. A estrada passava a cerca de duzentos metros de sua casa e ele pôde avistar, no lusco-fusco do final do dia, a silhueta feminina, vestida de preto, que desceu do ônibus e tomou a trilha que trazia até a porta de sua quinta. Desde que a mãe morrera, Isabel cobria-se de luto e o pai trajava calças pretas e camisas brancas, à maneira austera do Algarve.

— Temos boas novas — gritou o pai, à guisa de saudação, quando a filha já estava mais perto. — Chegou carta do Joaquim.

— Já não era sem tempo, pai. Este menino anda muito arredio. Será que não sabe que cá ficamos preocupados?

O velho pegou o envelope que havia deixado em cima da cristaleira e examinou-o de novo, enquanto a filha ia até o banheiro lavar o rosto e as mãos. Não havia dúvida de que aquela carta era diferente das outras. Demorara a ser escrita, como se o filho tivesse esperado a chegada de algum acontecimento importante para comunicá-lo ao pai. E, além disso, era bem volumosa, constatava Antônio mais uma vez. Não era do feitio de Joaquim contar detalhes de sua vida em Paris. Sobre o que então teria tanto a escrever? O velho lembrou-se da carta que recebera de uma cunhada que, há muitos anos, tinha emigrado para a Alemanha com o marido e que, não podendo comparecer ao funeral, lhe escrevera a propósito da morte de sua esposa. Era tão grossa quanto aquela e fazia uma evocação minuciosa da irmã falecida, como os portugueses costumam fazer, durante anos a fio, com seus mortos queridos. Será que algum primo distante teria morrido em Paris? Antônio olhou para a imagem da Virgem Maria com o Menino Jesus, pendurada na parede oposta à cabeceira da mesa de jantar. Desde a morte da mulher, habituara-se a olhar para o rosto suave da Virgem sempre que sua intuição lhe dizia que algo de mal podia estar prestes a acontecer. Havia, no olhar da Santa, uma espécie de intemporalidade, um sentimento de abstração, um ar de ausência e alheamento que, aos olhos de Antônio, só podia ter um significado: aquela pequena criança no colo da Virgem viera para redimir todas as tragédias, para fazer com que entes queridos se reencontrassem algum dia, aliviados da dor e do sofrimento que os mantivera separados por tanto tempo. Quando a filha chegou, ele comprimia o envelope com as duas mãos, como se o contato físico com a carta pudesse mudar para melhor o destino expresso nas palavras escritas pelo filho.

Isabel retirou delicadamente o envelope das mãos do pai e abriu-o com a ponta da unha do indicador da mão direita. Já fizera aquilo muitas vezes nos últimos seis anos. Aquele ritual era parte de seus deveres de filha, uma das formas de carinho e atenção que o pai esperava que ela lhe dispensasse. Mas, mesmo assim, notou que havia algo de diferente naquele envelope.

— Ai, pai! Esta está bem grossa. Deve trazer muitas novidades. — O pai limitou-se a concordar com um movimento de cabeça.

Isabel desdobrou seis folhas manuscritas, na frente e no verso, e principiou a leitura.

— *Querido pai. Tu sabes o quanto te amo, a ti e às minhas irmãs, e como desejo poder voltar o mais breve possível para Portugal.* — As cartas de Joaquim começavam, quase sempre, dessa mesma forma. — *Espero que Isabel, Maria Judite, seu marido e os miúdos estejam bem. Não me conformo com o fato de não conhecê-los e lamento não poder* vê-los, ainda pequenos, a fazer traquinagens no jardim do avô.

Em seguida, queixava-se, como de costume, do frio, tão diferente do inverno ameno de Loulé, da comida do restaurante universitário, das longas caminhadas pelos corredores do metrô, do trânsito caótico do Boul' Mich'. E Antônio, como já fizera tantas outras vezes, virou-se para Isabel e perguntou:

— Ó filha, que diabos é esse tal de "bulmiche", que eu cá já me esqueci. — E Isabel, com a paciência de sempre, lembrou que Boul' Mich' era a forma abreviada, e carinhosa, com que os estudantes se referiam ao Boulevard Saint Michel, avenida que cortava, de alto a baixo, o Quartier Latin, o bairro onde se localizavam as principais faculdades parisienses.

— *Continuo a dedicar um bom número de horas do dia aos estudos e, se Deus quiser, na primavera estarei em condições de prestar com êxito os últimos exames que me permitirão obter o diploma de Licencié ès Sciences Économiques da Faculté de Droit et Sciences Économiques da Universidade de Paris. O pai poderá então orgulhar-se de ter um filho licenciado no exterior e, para que faça prova do fato junto aos amigos, providenciarei o envio de uma cópia do diploma assim que o receba.*

Antônio desejou, mais do que nunca, que a maldita guerra acabasse logo e que Joaquim voltasse a Loulé para ajudá-lo a administrar a propriedade. Traria, com certeza, muitas idéias novas que Antônio teria que submeter ao crivo de sua experiência. Porque, mesmo orgulhoso do diploma do filho, o velho desconfiava do saber adquirido nos livros. Imaginava, com prazer, o instante em que passaria a compartilhar com Joaquim a administração da quinta, ensinando o filho a testar, na dura realidade do Algarve, o que aprendera na universidade. Esperava saber reconhecer o valor de uma ou outra novidade técnica e, sobretudo, poder apreciar a necessidade de adaptar-se a algumas das mudanças de que ouvia falar. Dizia-se, até, que o homem já tinha ido à Lua. O velho Antônio não acreditava, embora um de seus amigos, que estava em Lisboa na ocasião, assegurasse que tinha visto, pela televisão, o norte-americano caminhar em solo lunar numa roupa de escafandrista.

Verdade é que alguma mudança já começava a ocorrer, mesmo em Loulé. Sempre que ia à sede do distrito, e isto acontecia uma vez por mês, notava pequenos sinais de progresso, como a abertura de um novo comércio, o asfaltamento de mais uma rua, a reforma de uma praça pela administração local ou até mesmo, surpresa que tivera há uma semana, um prédio de quatro andares sendo levantado no centro da cidade. O mais intrigante, porém, era ver, de vez em quando, uma ou outra pessoa vestindo terno e gravata sem ser domingo ou dia de festa. Sim, Antônio sentia que estava preparado para as mudanças que Joaquim iria trazer consigo.

— *Mas, pai, o que me leva a lhe escrever, depois de tanto tempo de silêncio, não é apenas a necessidade de mantê-lo informado das coisas rotineiras que cá acontecem. Na verdade, já há algum tempo que gostaria de lhe dizer que conheci uma rapariga que me encantou muito e com quem comecei* a namorar há cerca de dez meses. *Ela é alemã e se chama Ilse Bock.*

O velho jamais tivera notícia de algum namoro do filho até a idade de dezesseis anos, quando saíra de Portugal. Em Loulé, Joaquim não tinha muitas oportunidades de conviver com meninas, a não ser na escola e, mesmo assim, debaixo da vigilância dos professores. Antônio nunca falara com o filho sobre o assunto, imaginando que ainda não chegara o tempo de Joaquim se interessar por mulheres. Mas os filhos crescem, mesmo longe dos olhos dos pais. Era natural esse seu despertar para o amor. Afinal, já estava com vinte e dois anos. Verdade que sempre fora tímido, meio ensimesmado, incapaz de manifestar espontaneamente seus sentimentos. Isso explicava, quem sabe, a demora em revelar a existência de Ilse e o que sentia pela moça.

— *O pai não acreditaria se eu lhe dissesse o quanto ela é bonita. Bem loura, como achamos que são todas as alemãs, e de olhos azuis. Na próxima carta mandarei uma foto. Ela é de Wiesbaden, uma cidadezinha perto de Frankfurt, e, nas últimas férias, fui até lá conhecer sua mãe e uma das avós, que ainda vive. O pai não conheço ainda, pois divorciou-se da mãe de Ilse há muitos anos.*

Antônio precisou de alguns segundos para entender aquela situação conjugal à qual não estava habituado. Aos seus ouvidos, separação, desquite, divórcio, soavam como palavras abstratas. Para ele, só as mulheres que pecavam mereciam ser abandonadas pelos maridos. E as mulheres que conhecia, em Loulé, não eram propensas ao pecado. A primeira imagem da mãe de Ilse que cruzou a sua cabeça não foi boa.

— *Ilse acabou seu curso de enfermagem, foi uma das melhores alunas, e já tem oferta de trabalho num grande hospital de Paris. Está melhor do que eu, que talvez não encontre trabalho com facilidade, por aqui, quando me formar dentro de alguns meses. Eu, provavelmente, terei de continuar arranjando alguns trocados fazendo biscates, mesmo com um diploma nas mãos. A verdade é que, neste momento, talvez a França precise mais de enfermeiras do que de economistas.*

Uma breve nuvem de tristeza deslizou pelo rosto de Antônio ao pensar que o filho poderia ser muito útil ali, junto dele, ajudando-o a administrar a quinta, não fosse aquela maldita guerra. Em Loulé, todos saberiam lhe dar valor, pois Joaquim, desde pequeno, fora considerado muito inteligente. Ainda mais agora, voltando com um diploma estrangeiro, obtido em terra distante, numa língua difícil. Melhor ajudar seu país, sua gente, do que continuar lá fora, ganhando pouco, em trabalhos penosos. Não precisava disso. Tinha uma propriedade a herdar. Modesta, é verdade. Mas suficiente para garantir a sobrevivência com dignidade.

— *Pai, o mais importante que tenho a lhe dizer é que eu e Ilse vamos nos casar.*

Isabel parou repentinamente a leitura da carta e levantou a cabeça em direção ao pai. Antônio olhava-a como a buscar, no rosto da filha, a confirmação do que ouvira.

— Tens certeza do que leste, filha?

Isabel repetiu a leitura do trecho em tom mais baixo,

como se o abrandamento da voz pudesse amenizar o impacto da novidade.

— Pai, o mais importante que tenho a lhe dizer é que eu e Ilse vamos nos casar.

— Mas, casar como — perguntou Antônio —, se o miúdo cá nem pode vir?

— Ó pai! Deixa-me ler um pouco mais e logo saberemos detalhes.

"*A mãe de Ilse já tomou as providências necessárias para que nós possamos nos casar no registro civil em Frankfurt no final do mês de dezembro, quando terão início as férias universitárias de inverno aqui na França. Na verdade, a data já está marcada. O casamento será no dia 22 de dezembro, daqui a três semanas. Sei que o pai nunca saiu da terrinha e não gosta nem de se afastar de Loulé mas, para mim, e para a Ilse, a presença do pai será muito importante. Quem sabe a Isabel pode acompanhá-lo? Eu ficaria mais tranqüilo, pois o pai não conhece línguas estrangeiras e a Isabel, lembro-me, aprendeu um pouco de francês na escola.*

A carta continuava com mais elogios a Ilse. Joaquim contava como ela era carinhosa, como aprendera português com rapidez, como era inteligente e organizada. E, no final, deixara espaço para que a própria Ilse escrevesse algo, em português, para seus parentes.

— *Seu Antônio, peço-lhe que venha ao nosso casamento. Joaquim ficará muito feliz. E eu estou ansiosa para conhecê-lo. Seria bom que Isabel e Maria Judite pudessem vir também. Mas sei que todos têm seus afazeres e nem sempre é possível abandoná-los para viajar. Espero que um dia possamos, eu e Joaquim, visitar Portugal para que eu conheça toda a minha nova família. Beijos de sua nova filha Ilse.*

Antônio não entendeu bem o significado daquelas palavras. Seu filho não precisava *visitar* Portugal. Ele era português, nascido ali mesmo, em Loulé. Suas raízes estavam fincadas naquele quintal que Antônio podia descortinar pela janela. Cada uma daquelas árvores fora plantada por um dos membros da família. Ele, a mulher, os filhos e, mais recentemente, os netos haviam dado feição a tudo que os rodeava. Não havia como dissociá-los daquele pedaço de chão. Talvez Ilse ainda não conhecesse suficientemente o português para expressar-se com precisão.

— Ó filha. E ela escreveu este trecho com a própria mão?
— Penso que sim, pai. A letra é diferente.

O velho ficou alguns minutos sem dizer uma palavra. Isabel relia, silenciosamente, a carta de Joaquim à procura de algo que desmentisse tudo que o pai ouvira antes. Depois, quebrou o silêncio:

— Ó pai, temos que ir.
— Eu sei, filha. — Havia um tom de profunda resignação na voz.

As duas semanas seguintes foram de preparativos. Isabel encarregou-se de tudo: dos passaportes e vistos para a viagem, da compra das passagens e de organizar e entregar a Maria Judite uma lista de coisas que deveriam ser feitas na sua ausência e na do pai. Separou para si e Antônio uma pequena quantidade de roupa — sempre teria como lavar e passar o que fosse preciso onde estivesse hospedada —, certificou-se de que o terno preto usado em ocasiões especiais ainda cabia no pai e pediu emprestado a uns primos as duas malas que usariam.

Joaquim escrevera novamente, enviando um roteiro detalhado com a localização das estações, o valor da corrida de táxi e o horário dos trens que deveriam ser tomados a partir da chegada dos dois a Paris. Pedia que fossem direto a Frankfurt, onde ele e Ilse estariam esperando na estação. De lá, iriam até Wiesbaden de carro. No dia da partida, como já havia sido combinado, Miguel, um vizinho que tinha um pequeno caminhão, apareceu para acompanhá-los com a bagagem até Loulé. Em Loulé, um ônibus os levaria a Faro, de onde seguiriam de trem para Lisboa. Ali, pegariam o trem para Paris. Eram, ao todo, contando esperas e deslocamentos, mais de quarenta horas de viagem, e Isabel preparou um farnel que lhes permitisse suportar tamanha demora sem sacrificar o apetite.

Durante toda a viagem, Antônio permaneceu silencioso. Olhava pela janela para os campos que passavam velozmente pelas suas retinas, indiferente à descoberta de paisagens novas. Falou apenas o essencial para pedir à filha algo para comer, queixar-se do desconforto do assento do trem ou perguntar a Isabel quanto tempo faltava ainda para chegarem a Paris. Em vão Isabel procurou mencionar o casamento, especular sobre a aparência física de Ilse, indagar sobre como seria a cerimônia. Não encontrou resposta. Antônio parecia só ouvir aquilo que se referia às suas necessidades imediatas. Como um boxeador momentos antes da luta, tinha o ar concentrado em um embate certo, com data e horário marcados, cujas conseqüências deviam ser analisadas introspectivamente, e não mencionadas ou descritas por terceiros.

Em Paris, durante o trajeto de táxi, entre uma estação de trem e outra, seus olhos se iluminaram ao ver a agitação das ruas, a quantidade de automóveis circulando, a elegância das pessoas, a imponência das construções. Imaginou Joaquim em meio àquela vertigem de cores e movimento e teve, ao mesmo tempo, medo e orgulho do filho. Orgulho de saber que Joaquim era capaz de locomover-se naquela enorme cidade com desenvoltura, de comunicar-se na língua das pessoas, de decifrar as informações dos anúncios publicitários, de sobreviver em ambiente tão diferente do de Loulé. Medo de que o filho pudesse se intoxicar com aquilo tudo. De que o ritmo, as luzes, a aparente riqueza daquela cidade tomassem conta do corpo e do espírito de Joaquim como uma droga. E que ele não mais se adaptasse à quietude de Loulé. Às horas passadas sem nada acontecer, às mulheres vestidas da mesma forma e com as mesmas cores. Às histórias contadas vezes sem fim, nos bares de sempre, pelas vozes tornadas familiares pela repetição. Aos amigos de uma vida toda, de quem se conhecia todos os gostos e preferências, as manias e as birras, os ódios, as rivalidades, mas de quem se ignorava a alma profunda, pois o ritual da amizade não era feito para perscrutar a alma de ninguém, mas para aceitar que os amigos eram bons, honestos e leais, senão não seriam amigos.

Era começo de inverno em Paris. O frio penetrava o casaco, o pulôver e a camiseta que Antônio pusera para se agasalhar. Eis aí o preço, pensou. De que adiantam tantas coisas aparentemente bonitas se não se tem o calor do Algarve a acariciar o corpo e a alma, nem se pode lançar o olhar e vislumbrar o horizonte. A vista indo pouco além de onde a mão alcança, esbarrando, a cada dez metros, em novo obstáculo, até encontrar uma muralha intransponível de ferro ou concreto. Duvidava que ali o vinho, o chouriço, a azeitona, o presunto e o pão tivessem o sabor da terrinha. Que houvesse, em meio a tantos arranha-céus, alguém que soubesse fazer um leitão da Bairrada como o de Isabel, que aprendera com a mãe tudo que uma mulher deve saber sobre a arte de cozinhar. Não, nada podia se comparar aos encantos de Loulé para quem sabia degustá-los com paciência e vagar. E Antônio acreditava que, mesmo sem perceber, ele e a mulher haviam ensinado os filhos a apreciar cada detalhe da existência que levavam na pequena quinta da família.

Quando chegaram à estação para pegar o trem que os levaria a Frankfurt, Isabel teve dificuldade em identificar a plataforma da qual o trem partiria. Foi necessário indagar, várias vezes, aos passantes, recorrendo ao papel em que escrevera, com letra de imprensa, as informações dadas por Joaquim. A cada explicação, menos ela entendia. Finalmente, por sorte, encontrou um patrício que se prontificou a acompanhá-la até a porta de seu vagão. Não fosse o encontro casual, teriam chegado depois da partida do trem. Instalaram-se no compartimento ainda ofegantes. A correria e, mais do que tudo, o medo de perderem o trem e ficarem, sem a menor idéia do que fazer, retidos naquela cidade cujo tamanho fugia à sua compreensão haviam acelerado o batimento de seus corações. Tinham partido de Lisboa às oito horas da manhã da véspera e já eram cinco horas da tarde. Enfrentariam, ainda, outras oito horas de viagem. Antônio enviesou o corpo, encostou a cabeça no suporte lateral da poltrona junto à janela e cedeu à vontade de dormir.

Quando chegaram a Frankfurt, já passava da meia-noite. Ainda estavam a retirar as malas do bagageiro suspenso sobre as poltronas quando Isabel exclamou:

— Pai, olha o Joaquim!

Antônio virou-se para a janela do compartimento e viu o filho lá fora, na estação, a acenar para eles. Estava bem mais magro. Parecia, também, mais alto. O sorriso discreto e o gesto contido comprovavam um certo amadurecimento. Já não era uma criança. Passou-se quase um minuto antes que o olhar de Antônio se deslocasse e percebesse, ao lado de Joaquim, a presença da jovem loura, de cabelos lisos e presos na nuca, que o olhava com carinho. Ela sorriu. Antônio quase não sorria desde a morte da esposa e ainda não estava preparado para corresponder àquele gesto de simpatia de uma estranha, mesmo sendo a mulher que iria casar com seu filho. Baixou a cabeça, num misto de pudor e receio.

Na plataforma da estação, enquanto pai e filho abraçavam-se afetuosamente, Isabel e Ilse cumprimentavam-se com beijos no rosto. Em seguida, Joaquim afastou-se um pouco do pai, para acompanhar melhor a reação de Antônio, e, estendendo o braço na direção da jovem que o acompanhava, disse:

— Pai, essa é a Ilse.

Só então Antônio notou o quanto ela era alta. Até mesmo um pouco mais alta do que Joaquim, que era um rapaz bem esguio. Para beijar Antônio no rosto, Ilse teve que se curvar bastante.

— Muito prazer — disse ela, com um sotaque quase imperceptível.

Antônio virou-se para Joaquim como a esperar a tradução do filho, de tal maneira parecia-lhe insólito ouvi-la falar português com tanta facilidade. Como aprendera tão rápido? Ou será que o namoro era muito mais antigo do que o filho dissera? Preferiu não responder ao cumprimento, ainda com medo de que ela não o entendesse.

Andaram em direção à saída da estação. Isabel e Ilse iam na frente conversando animadamente. Joaquim e Antônio seguiam, logo atrás, o filho tentando extrair do pai informações sobre Loulé e o resto da família. Mas o velho mantinha-se monossilábico. Seria o cansaço da viagem ou a necessidade de familiarizar-se com o ambiente antes de abrir-se um pouco mais? O fato é que Antônio relutava em aceitar que o menino de dezesseis anos que ele vira partir de Loulé tinha se transformado naquele jovem senhor que, mal haviam saído da estação, começara a fumar um cachimbo que puxara do bolso do casacão.

— Com quem aprendeste a fumar cachimbo, ó filho?

— Isto é um hábito que se adquire, como outro qualquer, pai.

A verdade é que Joaquim assumira ares de jovem intelectual do Quartier Latin. Nada mais lembrava os adolescentes de Loulé, acostumados a vestir calças de brim e a usar botas, ou até mesmo a andar descalços pelos campos, cheios de vitalidade rude, ávidos de contato físico com a natureza.

Durante a viagem, feita no carro da mãe de Ilse, de Frankfurt a Wiesbaden, Joaquim falou sem cessar. Teceu comentários sobre a guerra nas colônias de Portugal, a situação política internacional, a economia dos países da Europa. Parecia entender tudo que se passava ao redor do mundo e citava, com naturalidade, livros, revistas e jornais de que Antônio e Isabel nunca tinham ouvido falar. Os dois limitavam-se a ouvir, ao mesmo tempo fascinados com os conhecimentos de Joaquim e intrigados com a quantidade de coisas importantes que aconteciam pelo mundo afora e que eles simplesmente desconheciam.

Chegaram, finalmente, à casa de Ilse. Era uma construção de dois andares, estreita, com um pequeno terreno na frente, onde mal cabia um jardim, enfiada no meio de uma dezena de casas absolutamente iguais. Antônio nunca vira algo parecido e imaginou que, nas noites mais escuras, Ilse e a mãe poderiam ter dificuldades em encontrar a própria casa.

A mãe de Ilse era uma senhora de uns cinqüenta anos de idade, alta e corpulenta. Uma espécie de antevisão do que seria Ilse dali a trinta anos. Ela havia preparado um lanche para os visitantes e Antônio entregou-se ao prazer da comida, enquanto Ilse traduzia as perguntas que a mãe fazia aos novos membros da família, talvez mais para ser gentil do que por curiosidade. O velho limitava-se a dar respostas curtas quando a indagação era feita diretamente a ele.

Passava das duas horas da manhã. O casamento seria naquele mesmo dia às onze horas. A casa tinha apenas dois quartos no segundo pavimento e uma pequena sala com sofá-cama no primeiro andar. Decidiu-se que Antônio e Joaquim dividiriam o largo sofá-cama, Ilse e Isabel ocupariam um dos quartos e a mãe de Ilse seria poupada da perturbação de ter que se deslocar dos seus aposentos. Antonio sentia uma leve sensação de sufocação. Seria a emoção de ver o filho prestes a casar-se ou uma impressão provocada por aqueles espaços tão comprimidos?

Os dois se preparavam para dormir, a luz já apagada, quando Antônio falou:

— Eu sei que não há mais tempo para voltares atrás, mas tens certeza do que estás fazendo, filho?

— Claro que tenho, pai. — Em seguida, dormiram.

Quando Antônio acordou eram seis horas da manhã. O cansaço da viagem fizera com que dormisse um pouco além do que de costume. No Algarve, geralmente acordava às cinco horas. À sua volta tudo ainda estava escuro. Percebeu o vulto de Joaquim deitado ao seu lado e ouviu sua respiração pausada. Há quanto tempo não dormia na mesma cama que o filho? Só quando Joaquim era muito pequeno, nem sequer menino, um pouco mais do que um bebê, nas noites de tempestade do Algarve, quando o céu parecia desabar. O filho vinha, então, procurar a cama dos pais, não para se proteger de raios e trovões, mas para estar com eles na hora em que o mundo acabasse.

Antônio foi até a cozinha. Abriu os armários quase sem fazer barulho, à procura de pó de café. Encontrou, finalmente, um vidro que lhe pareceu ser de café solúvel, apesar de não entender nada do que estava escrito no rótulo. Botou uma chaleira no fogo, escolheu a maior xícara que encontrou e esperou que a água fervesse. Antônio já estava na terceira xícara quando resolveu consultar o relógio. Eram oito horas. Do andar de cima começavam a chegar os primeiros ruídos. Deu-se conta de que havia ficado ali, durante duas horas, a tomar café e a pensar na vida. Foi até a sala acordar o filho.

Debruçou-se sobre Joaquim, como costumava fazer quando ele era pequeno e precisava despertá-lo para que não se atrasasse no colégio, e, por segundos, a visão do filho adulto confundiu-se com a imagem do menino travesso do Algarve. Teve vontade de não acordá-lo, de deixar perdurar aquele instante em que os efeitos do tempo achavam-se em suspenso. Pensou, então, em Deolinda. O que acharia ela daquilo tudo? Será que ainda reconheceria em Joaquim o filho que criara até os quinze anos? Sentiu, mais do que nunca, a falta da companheira com quem sempre havia dividido suas preocupações. Quem sabe ela o ajudaria a entender as transformações por que o filho havia passado. Os ruídos vindos de cima eram, agora, mais intensos. Dali a pouco Ilse ou Isabel desceria para verificar se o noivo já estava acordado. Antônio sacudiu Joaquim carinhosamente.

— Está na hora, filho.

Joaquim virou o corpo e espreguiçou-se na cama. Parecia surpreso de ver o pai, depois de tanto tempo, debruçado sobre seu leito.

— Ó pai, o que estás a fazer aqui?
— Vim para o teu casamento, filho.
— Ai!, é mesmo! Que horas são?

Antônio lembrou-se do seu casamento com Deolinda: da ansiedade da véspera que mal o deixara dormir; da zombaria dos rapazes que continuariam solteiros; da festa nos jardins da quinta, repletos de familiares e amigos; e, sobretudo, da beleza da noiva, toda vestida de branco, entrando na pequena igreja de Loulé. Não conseguia entender o aparente distanciamento do filho em relação ao que seria um dos acontecimentos mais importantes de sua vida. É verdade que imaginara ver Joaquim casando com uma jovem da terra, cercado de amigos e parentes; as mesas postas no quintal, cheias de comida e bebida preparadas com carinho e devoção durante toda a semana; a rapaziada tocando e cantando as músicas do Algarve; as moças casadoiras enfeitadas com seus melhores vestidos, esperando, quem sabe, que outros jovens se inspirassem no exemplo do noivo; o ar repleto de algazarra e alegria. Nunca pensara ter que viajar tanto para assistir ao casamento do próprio filho numa cidade cinzenta, lavada por uma chuva fina, em meio a uma gente cuja língua sequer entendia. Será que para Joaquim o matrimônio já não tinha o mesmo valor que tivera para ele? Por que aquele ar de enfado que detectara no filho, ainda na véspera, sempre que Isabel procurava falar sobre a cerimônia de casamento?

— Já passa das oito horas, filho. Assim, vais chegar atrasado à igreja.

— Igreja? Mas que igreja, ó pai? Vamos casar apenas no registro civil.

— Então não vais casar na igreja? E o que tua mãe pensaria disto, filho?

— Ó pai! A Ilse nem religiosa é; e a mãe é protestante.

Antônio calou-se. Pensou no que diria aos amigos, em Loulé, quando perguntassem a respeito da cerimônia de casamento.

Pouco depois, Ilse e Isabel desceram e começaram a preparar o café da manhã. Em seguida, anunciaram que a mesa estava posta na cozinha. Joaquim havia recolhido o jornal na soleira da porta e tentava decifrar as manchetes escritas em alemão. Vez por outra pedia ajuda a Ilse. Sentaram-se os cinco em torno da mesa do café como se fosse um dia banal. A conversa, comandada por Joaquim, girou sobre as notícias de primeira página que acabara de ler.

Terminado o café da manhã, organizaram-se de forma que todos pudessem utilizar o único chuveiro que havia no andar de cima. Arrumaram-se às pressas. Nada dos longos e nervosos preparativos que antecediam os casamentos do Algarve. Aprontavam-se como se fosse para um evento rotineiro, algo que poderia ocorrer várias vezes por semana. Antônio pensou, por um instante, que talvez não devesse ter vindo. À distância, sua fantasia se encarregaria de povoar o casamento do filho de gente, cores e sons. Poderia, com alguma imaginação, relatar aos amigos a cerimônia recheada com detalhes que diria ter recolhido na correspondência do filho. Como saberiam a verdade exata? Talvez só quando Joaquim voltasse a Portugal. Mas, aí, muito tempo teria decorrido e as pessoas já estariam interessadas em outras novidades.

Um pouco antes das dez horas chegou um casal de jovens amigos de Ilse que serviriam de testemunhas do casamento. A noiva ainda estava no andar de cima se enfeitando para a cerimônia. Logo depois, Ilse desceu as escadas. Usava um vestido simples, sem mangas, de cor creme suave, quase branca, que marcava levemente sua silhueta esbelta. Não era propriamente bonita, havia uma certa dureza em sua fisionomia germânica, amenizada pelos olhos azuis e pela doçura do sorriso. Os cabelos loiros, puxados para trás, descobriam orelhas surpreendentemente pequenas para uma moça de sua altura. Não usava brincos. O único adereço era um colar de pérolas herdado da avó materna. Mais uma vez, Antônio lembrou-se de Deolinda: da pele morena e dos olhos negros contrastando com a alvura do vestido de noiva. E os filhos de Ilse e Joaquim sairiam a quem? Seriam loirinhos como a mãe? Teriam olhos azuis? Logo, logo o sol do Algarve se encarregaria de tisnar-lhes a pele. Em pouco tempo estariam idênticos aos demais garotos de Loulé. Faltariam apenas os olhos vivos, espertos e, sobretudo, negros, profundamente negros, dos meninos da região.

Lá pelas dez horas, partiram todos em direção a Frankfurt. Iam em dois carros: os noivos com o par de amigos e Antônio e Isabel com a mãe de Ilse. A viagem durou pouco mais de meia hora.

O registro civil ficava situado num edifício cinzento, de

arquitetura aparentemente moderna mas simples. A fachada sóbria revelava que, desde sua construção, o prédio estava fadado ao uso pela burocracia oficial. A mãe de Ilse procurou informar-se com a recepcionista sobre o local da cerimônia. Avisaram-na de que seria ali mesmo, no térreo, num pequeno auditório cuja porta se encontrava à direita do amplo saguão de entrada.

O auditório comportava cerca de cem pessoas. Ao fundo, sobre um pequeno palco, havia sido colocada uma mesa com três cadeiras viradas para o público. Sentados na platéia, uns quinze casais, com idades que podiam variar dos vinte aos cinqüenta anos, e seus amigos e familiares, esperavam para dar início a uma nova etapa de suas vidas. Joaquim explicou ao pai que ele, Isabel e a mãe de Ilse deveriam sentar-se a partir da sétima fila do auditório. As primeiras filas estavam reservadas para os noivos e seus padrinhos.

Às onze horas em ponto, dois homens e uma senhora, vestindo roupas escuras, subiram ao palco. Um deles, sobraçando um grande livro do registro civil, era certamente o escrivão. O outro, o juiz, aparentava uns cinqüenta anos. O ar solene era de quem estava prestes a proferir uma sentença. Seu aspecto sombrio, num tribunal do júri, provocaria calafrios no réu. O juiz fez uma breve explanação sobre os procedimentos que seriam adotados e lembrou a todos, como se fosse preciso, a importância do que ia acontecer. Antônio sentiu-se estranhamente alheio àquilo tudo, embora pudesse imaginar o que estava sendo dito. O local, os sons, a aparência das pessoas, tudo contribuía para que tivesse a impressão de viver uma espécie de pesadelo do qual poderia ser acordado a qualquer momento. Terminada a preleção do juiz, a senhora abriu um pedaço de papel e começou a chamar os casais de noivos. Cada cerimônia de casamento demorava uns cinco minutos. O juiz conversava rapidamente com o casal, fazia aos noivos a pergunta tradicional, proclamava-os marido e mulher e encaminhava-os ao escrivão para que, junto com as testemunhas, assinassem o livro de registro. A platéia acompanhava cada um dos enlaces rigorosamente em silêncio.

Em pouco mais de uma hora e meia tudo estava acabado. Quinze novos casais tinham se constituído ao abrigo da lei. O que levara cada um deles até ali? As razões variavam muito. Mas Antônio pensou, ainda uma vez, que a maldita guerra, em terras tão distantes, era a culpada de tudo. Difícil, lá no Algarve, imaginar que o filho poderia, um dia, casar-se daquela maneira: perdido no meio de tantos outros, sem nenhuma distinção, quase sem identidade.

A família de Ilse organizara um almoço para vinte convidados num dos hotéis de Frankfurt. Um pequeno salão, no último andar do prédio, tinha sido preparado para a ocasião. Quando os noivos chegaram do registro civil, a maioria dos convidados já os aguardava. Pela algazarra que fizeram com a chegada de Ilse, podia-se perceber que estavam bebendo cerveja há algum tempo. Passada a agitação provocada pela noiva, Joaquim aproximou-se do pai na companhia de um senhor corpulento, de rosto redondo e avermelhado. Era o pai de Ilse. Tinha vindo de Hamburgo especialmente para o almoço de casamento da filha, que não via há cinco anos.

Cumprida a formalidade da apresentação, não havia muito a conversar. O alemão tosco de Joaquim não lhe permitia servir de intérprete por muito tempo. E, depois, Antônio nada tinha a dizer àquele gorducho suarento que encontrava pela primeira vez na vida e que, provavelmente, jamais veria de novo.

Os noivos foram colocados no centro da grande mesa onde seria servido o almoço. O lugar à direita de Joaquim foi reservado para Antônio. À medida que o tempo passava e o consumo de cerveja aumentava, crescia a animação em torno da mesa. Todos falavam ao mesmo tempo, as brincadeiras cruzavam o espaço, de um lado para o outro, como fogos de artifício, e as risadas espocavam com estardalhaço. Antônio sentiu-se excluído daquela alegria. Joaquim, contudo, parecia entender o que se dizia e, vez que outra, arriscava algumas palavras em alemão, o que, em geral, suscitava novas gargalhadas.

Antônio lembrou-se do dia em que Joaquim nascera. De sua irmã vindo comunicar-lhe na sala de espera da maternidade que finalmente havia nascido o menino que tanto desejara. Nascido para manter o nome dos Pinguinha em Loulé, onde o que era importante não ficava registrado em livros e revistas como as histórias que Joaquim contara na véspera sobre personagens de destaque do mundo da política; mas gravado na memória das pessoas que transmitiam, de geração em geração, testemunhos de generosidade, coragem e honestidade que faziam o orgulho das famílias.

A algazarra havia aumentado. Sons ininteligíveis zumbiam na cabeça de Antônio. Sentiu um desejo irreprimível de ouvir uma palavra, uma apenas que fosse, que pudesse entender. Bateu-lhe no peito, mais forte do que nunca, o desejo de estar em Loulé, em meio a gente amiga, ouvindo as histórias e brincadeiras de sempre, cercado pelos netos, lançando o olhar sobre as terras que um dia deixaria para eles. Os sentimentos que calara no coração durante dois dias queriam vir à tona. Virou-se para Joaquim.

— Filho, eu quero falar.

— Mas, pai, ninguém vai entender nada.

— Não faz mal, filho.

Antônio levantou-se. À sua volta as pessoas olharam-no, surpreendidas. O velho alçou a voz:

— Silêncio! Por favor.

O barulho demorou a acalmar. Mas, finalmente, todos fixaram a atenção em Antônio.

— Hoje deveria ser o dia mais feliz da minha vida — começou Antônio — O dia em que um filho casa-se é aquele em que se ganha uma nova filha e a promessa de netos. Mas netos e filhos foram feitos para ficar perto dos pais e, por causa dessa maldita guerra, eu já não via meu Joaquim há mais de seis anos. — Será que todos saberiam do que estava falando? Continuou, assim mesmo. — Mas, agora, sei que não foi apenas a guerra que afastou meu filho de mim. Tampouco foi a distância que nos separa. Para mim, meu Joaquim já não é mais o mesmo porque aprendeu coisas demais. Coisas que eu nunca soube e que, se soubesse, de nada me valeriam.

Joaquim, a seu lado, atalhou:

— Está bem assim, pai.

— Mas o velho prosseguiu.

— Bem me avisaram os amigos, quando enviei Joaquim a estudar no estrangeiro: "Antônio, estás a criar problemas para ti mesmo. Joaquim ficará presunçoso com tanto conhecimento. Vai julgar-se superior a ti e perderás o teu filho para sempre." E hoje vejo que eles é que tinham razão. Em vez de ganhar uma filha, estou a perder um filho. — A voz de Antônio embargou e seus olhos começaram a marejar. O velho parou e respirou fundo. Não, não iria chorar diante de estranhos, tão longe de seu pedaço de chão. Voltando-se para a noiva, arrancou do peito o pedido em tom de súplica: — Eu só lhe peço que faça o meu menino feliz.

Menos de dois minutos depois, a algazarra havia recomeçado.

Este livro foi composto na tipologia
Caslon 224 em corpo 11/16, impresso em papel
Chamois Fine 80g/m² no Sistema Cameron da
Divisão Gráfica da Distribuidora Record.

Seja um Leitor Preferencial Record
e receba informações sobre nossos lançamentos.
Escreva para
RP Record
Caixa Postal 23.052
Rio de Janeiro, RJ – CEP 20922-970
dando seu nome e endereço
e tenha acesso a nossas ofertas especiais.

Válido somente no Brasil.

Ou visite a nossa *home page*:
http://www.record.com.br